Schwalben über meiner Heimat

Christa Bohlmann

Schwalben über meiner Heimat

Bibliografische Information der Deutschen Bibliothek:
Die Deutsche Bibliothek verzeichnet diese Publikation in
der Deutschen Nationalbibliografie; detaillierte Daten
sind über <http://dnb.ddb.de> abrufbar.
Alle Rechte auf Text und Bild vorbehalten
2022 Christa Bohlmann
Herstellung und Verlag: BoD - Books on Demand
Norderstedt
ISBN 9783756244171
 www.bod.de

Foto Alfred Rozenvalds

Vorwort

Nachdem ich bereits einige Bücher mit
Kindheitserinnerungen aus meiner Heimat
Bassum und Osterbinde geschrieben hatte,
lag es mir am Herzen, etwas über das heutige
Bassum zu schreiben. Über meine liebens-
und lebenswerte Heimatstadt gibt es viel zu
berichten, denn da findet man so einiges, was
Bassum einzigartig macht. In der heutigen
Zeit wird der Begriff „Heimat" allerdings
häufig von Andersdenkenden missbraucht.
So überlegte ich, wer wohl an meiner Stelle
von Bassum berichten könnte. Einige Ideen
hatte ich bereits verworfen, dann entschied
ich mich nach reiflicher Überlegung für ein
Schwalbenpaar, das nach der Winterpause
wieder die Heimatstadt Bassum erreicht:
Grete und Wolfgang mit ihren Kindern aus
der letzten Brut Tim, Tom und Marie.
Nun musste so ein Schwalbenpaar ja auch
irgendwo heimisch sein, aber wo? Ich
klapperte in Gedanken die Bauernhöfe aus
der Umgebung ab, um irgendwo nachzu-
fragen, ob „meine Schwalben" bei den
Besitzern wohnen dürften. Dann hatte ich

einen Geistesblitz, denn es fiel mir mein Cousin Wilfried ein, der mit seiner Frau Annette am Stadtrand von Bassum auf einer Hofstelle wohnt.

Auf meine Frage, ob die Schwalben bei ihm wohnen dürften, erhielt ich zunächst keine Antwort. Stattdessen fragte Wilfried seine Frau:

„Annette, Christa will ein Buch über Schwalben schreiben. Dürfen die bei uns wohnen?"

Ich hörte einen Jubelschrei von Annette „Jaaaaaa!"

Wilfried erzählte, dass seit vielen Jahren Rauchschwalben auf der Hofstelle heimisch sind – im Pferde- und Hühnerstall und in der Diele. Er berichtete von Rettungsaktionen junger und erwachsener Schwalben. Annette erklärte sich bereit, ihre Schwalben-Erlebnisse aufzuschreiben. Schon nach einigen Tagen hatte ich ein paar Seiten mit handschriftlichen Aufzeichnungen bekommen.

Aber so einfach schien es doch nicht zu sein, denn ich wusste zu wenig vom Leben der

Schwalben und musste mich erst kundig machen.

Entstanden ist somit eine Liebeserklärung an meine Heimatstadt Bassum, eine Fabel mit den Hauptakteuren Grete und Wolfgang, dem erdachten Schwalbenpaar, gespickt mit den wahren Erlebnissen von Wilfried und Annette.

Auch in diesem Buch wurde ich von lieben Menschen unterstützt, die ich, weil mir alle sehr am Herzen liegen, in alphabetischer Reihenfolge aufgeführt habe:

Ein herzliches Dankeschön an Alfred für die wunderschönen Schwalbenfotos.
Ein besonderer Dank an Annette und Wilfried, ihre „Schwalben-Erlebnisse" haben das Buch sehr bereichert.
Danke Eckhard, für deine technische Unterstützung.
Ich danke Heinz für seine Geduld und sein Verständnis.
Petra, herzlichen Dank für dein Korrekturlesen und die Fotos.

Ich danke Rosi, die wieder als Lektorin tätig war.
Einem, dessen Fotos ebenfalls im Buch zu finden sind, kann ich nicht mehr danken, meinem Sohn Andreas.

Schwalben über meiner Heimat

„Endlich sind wir wieder in unserer Heimat, liebste Grete!"
„Wie? Sind wir schon in Bassum?", fragte Grete.
Wolfgang, Gretes Mann, der fast alles wusste, klärte auf:
„Nein, mein Schatz, so schnell geht das nicht. Schau nach unten, da siehst du den Bodensee. Das heißt, wir haben unsere Heimat Deutschland erreicht. Wenn du magst, können wir uns jetzt etwas erholen, immerhin haben wir schon 6000 Kilometer nonstop hinter uns. Von Afrika ist nichts mehr zu sehen.
„Frag die Kinder, vielleicht wollen die mal zwischenlanden."
„Okay", Wolfgang drehte eine Runde und schaute sich nach seinen Schwalbenkindern um: nach seinen Söhnen Tim und Tom und seiner jüngsten Tochter Marie.
Er fand seine Familienmitglieder bald aus dem Schwarm der heimkehrenden Zugvögel heraus.

„Wie ist es? Rast machen? Oder habt ihr noch die Kraft zum Weiterfliegen? Immerhin sind es noch fast 1000 Kilometer bis nachhause."

„Von mir aus können wir gerne zwischendurch landen. Meine Flügelansätze tun verflixt weh. Ich glaub, ich hab Arthrose", jammerte Tom.

„Okay, dann folgt mir", schlug der Schwalbenvater vor.

Elegant landeten alle Fünf auf dem First eines Daches. Sie hatten sich viel zu erzählen.

Es war ein sonniger Tag im April und die Mücken tanzten in der Sonne über dem Wasser. Welch ein Schmaus für die ausgehungerten Schwalben.

Sie plauderten noch über dies und das, was sie auf ihrem Flug aus Afrika gesehen oder erlebt hatten. Ihre Empfindungen waren durchaus unterschiedlich.

Dann aber drängte Wolfgang zum Weiterflug.

„Jetzt fliegen wir erst über Baden-Württemberg, dann über Hessen und sind bald endlich in unserer Heimat, in Niedersachsen."

Marie verdrehte die Augen, denn der Vater sprach zum zweiten Mal von der Heimat.

Das sollte er ihr später mal erklären.

Der Schwarm, mit dem sie geflogen waren, war längst weg. Aber die Fünf schlossen sich einem anderen Schwarm rückkehrender Zugvögel an, die auch wie sie, den Norden als Ziel hatten. Ja, der Norden! Ein kalter Wind wehte ihnen entgegen und erschwerte ihren Flug.

Während des Fluges hielt Wolfgang wieder seinen Aufklärungsunterricht:

„Gleich verlassen wir das Bundesland Hessen und überfliegen bei Hann. Münden die Grenze zu Niedersachsen. Da, seht ihr die beiden Flüsse, die zu einem zusammenfließen? Das sind die Fulda aus dem Westen und die Werra aus dem Osten. An dem Zusammenfluss entsteht die Weser, die bis zur Nordsee fließt. Wir brauchen nur die Weser im Auge zu behalten und biegen kurz hinter Hoya in den Landkreis Diepholz ab, in unsere Heimat."

Was der Vater doch alles wusste! Die Kinder waren immer wieder erstaunt, obwohl es manchmal auch nervte, wenn er ihnen sein Wissen aufzwingen wollte. Er musste ein besonders gutes Gedächtnis haben, denn sein Wissen war ihm von seinen Vorfahren vermittelt worden. Ob der Vater noch einmal den Flug ins Winterlager schaffen würde? Immerhin war er bereits sieben Jahre alt und somit fast ein Schwalbengreis. Er war ein kluger und schöner Vater aus der Familie der Rauchschwalben. Tim, Tom und Marie waren die Kinder von Wolfgang und Grete aus der zweiten Brut des letzten Jahres. Zu den Kindern der vorherigen Generationen war der Kontakt längst nicht mehr so intensiv. Die flatterten schon lange durch ihr eigenes Leben. Und sie, diese Kids, würden schon bald ihr eigenes Nest bauen. Tim und Tom hatten auf dem Flug bereits geflirtet und einigen Schwalbenmädchen den Kopf verdreht. Entschieden hatten sie sich noch nicht für die Schwalbe ihres Lebens. Marie hatte das Werben von Harald bereits erhört. Für ihn wollte sie nur zu gern die Eier ausbrüten. Aber noch war es nicht soweit.

Wolfgang forderte zum Weiterflug auf und erklärte Grete und den Kindern den Weg. Sie alle behielten die unter ihnen fließende Weser im Auge und flogen über Höxter und Bodenwerder nach Hameln. Wolfgang berichtete über den Lügenbaron Münchhausen, der in Bodenwerder geboren wurde und dort lange seinen Wohnsitz hatte. Es folgten in Hameln die Erzählungen über den legendären Rattenfänger, der die Stadt der Sage nach im Jahr 1284 von der Rattenplage erlöst hatte. An der Porta Westfalica machten sie kurz Halt und umflogen das Kaiser-Wilhelm-Denkmal.

„Hier, hier könnten wir doch bleiben", riefen die Kinder begeistert. Es ist doch wunderschön hier."

„Ihr habt ja Recht. Hier ist es wirklich wunderschön. Aber das werden viele andere Schwalbenpaare genauso finden und sich hier niederlassen. Im Sommer, besonders an den Wochenenden, wird es hier Besucherströme geben. Das würde viel zu unruhig für uns sein.

Foto Andreas Bahrs

Glaubt mir und fliegt mit uns weiter nach
Bassum, in unsere wunderschöne Heimat.
Ich kann es kaum erwarten, wieder da zu
sein."
Und Grete nickte zustimmend.
So flogen sie gemeinsam weiter nach
Minden. Auch hier fielen ihnen die vielen

schönen Fachwerkhäuser ins Auge, die ihnen schon in den anderen Städten an der Weser aufgefallen waren. Wolfgang konnte wieder sein Wissen preisgeben. Er zeigte den Kleinen das Wasserstraßenkreuz in Minden, wo der Mittellandkanal in einer fast 400 Meter langen Trogbrücke über die Weser geführt wird. Entgegen der Weser mit dem Süd-Nord-Verlauf sahen sie den Mittellandkanal, der vor vielen Jahren in West-Ost-Richtung erbaut wurde. Natürlich war auch die berühmte Schachtschleuse Thema in Wolfgangs Bericht.

Der Flug ging in Richtung Nienburg, wobei die Schwalben sich weiter nach dem Weserverlauf richteten.

„Nienburg erkenne ich leicht an dem historischen Wasserturm. So einen findet man sonst nicht. Und seht euch die wunderschönen Fachwerkhäuser an. Mal schauen, ob das Storchennest mitten in der Innenstadt wieder bewohnt ist."

Wolfgang war mit seinen Erklärungen ganz in seinem Element. Dann wurde es für die Kleinen spannend, denn Wolfgang berichtete von der Staustufe bei Drakenburg. Zu sehen war ein Wehr, eine integrierte Schleuse und ein Wasserkraftwerk. Seit Betriebsbeginn im Jahr 1955 können die Schiffer über den Schleusenkanal ihre Fahrt erheblich verkürzen. Durch den Kanal wurde die Passage der großen Schiffe möglich.

„Ihr könnt erkennen, dass der Kanal schnurgerade verläuft, die Weser fließt in diesem Bereich dagegen sehr bogenreich. Wir nehmen jetzt auch den kurzen Weg über den Kanal bis Hoya."

Lange konnte Wolfgangs Schnabel nicht still stehen: „Der kleine Ort da unten heißt Balge, der nächste Schweringen. Zwischen beiden Ortschaften könnt ihr den Zusammenfluss von Weser und Kanal sehen. Mit dem Bau des Kanals haben die Menschen der Natur ein richtiges Schnippchen geschlagen."

In Hoya verwies Wolfgang auf die große Weserbrücke, den Segelflughafen, das große Grafenschloss und auf den weißen Qualm der Papier- und Kartonfabrik. Und er warnte: „Hütet euch vor einem Zusammenprall mit einem der Segelflieger. Das könnte gefährlich für euch werden. Also keine Kunstflüge veranstalten, hört ihr."

Der Vater konnte es nicht lassen, seine Kinder auf die Gefahren hinzuweisen. Dabei wusste er genau, dass er sie loslassen musste, es würde nicht lange dauern, bis sie selbst Schwalbeneltern wären. Aber so gab er ihnen gutes Rüstzeug mit auf den Weg. Grete schwieg meistens, aber sie war sehr stolz über das Wissen ihres geliebten Mannes.

Tim flüsterte Tom leise zu: „Pass auf, gleich sagt er wieder ‚bald sind wir in unserer Heimat'. Wetten dass?"

Und damit sollte Tim Recht haben.

„Haltet euch westwärts. Wir fliegen jetzt in Richtung Bruchhausen-Vilsen. Uns fehlt nun die Weser als Orientierungspunkt."

Es dauerte nicht lange, bis sie Bruchhausen-Vilsen erreicht hatten. Zusammen mit seiner Familie flog der Vater zunächst zum Kurpark und sie hörten Stimmen der Spaziergänger: „Eine Schwalbe macht noch keinen Sommer!"

„Was meinen die damit?", wollte Marie wissen.

Dieses Mal gab Mutter Grete die Erklärung dazu: „Also, kehrt eine einzelne Schwalbe aus dem Süden zurück, hat das noch keine

Aussagekraft zum Wechsel der Jahreszeiten. Erst wenn viele unseresgleichen am Himmel zu sehen sind, kann man davon ausgehen, dass der Sommer im Anmarsch ist."

Wie fein sich die Mutter doch ausdrücken konnte.

Im Kurpark blühten die Blumen in den schönsten Farben um die Wette. Elegant fingen die fünf Insektenfresser im Flug ihre Nahrung. Der Tisch war hier sozusagen reichlich gedeckt.

„Hier ist es so schön, hier möchte ich bleiben", Tom war sich seiner Sache sicher. Sein Bruder Tim schloss sich an. „Ich auch! Wo in der Welt mag es schöner sein?"

„In Bassum, in unserer Heimat natürlich!"

„Du immer mit deiner Heimat. Was bedeutet eigentlich Heimat?"

„Die einen sagen so, die anderen so. Heimat ist da, wo ich geboren bin. Heimat ist da, wo ich gerne lebe, wo ich zuhause bin. Ich denke da an meine Familie und meine Freunde und ich bin vertraut mit dem Ort. Ja, ich gebe zu, dass ich Heimweh habe, wenn ich im Winter im Süden bin. Wir haben es gut, denn wir sind vogelfrei. Bei den Menschen ist das anders, denn seit ewigen Zeiten mussten viele fliehen oder sie wurden aus ihrer Heimat vertrieben. Sie mussten sich eine neue Heimat suchen, was oft nicht so einfach war.

Ich schlage vor, ihr bleibt mit uns ein paar Tage in Bassum, denn da seid auch ihr geboren. Dann könnte ihr selbst entscheiden, wo ihr euer Nest bauen wollt."

Vater Wolfgang hatte gesprochen, hatte er sie überzeugen können?

Sie überflogen Neubruchhausen und erreichten Osterbinde, einen Ortsteil von Bassum.

Plötzlich wurde Wolfgang ganz aufgeregt: „Seht da auf der rechten Seite kurz nach dem Sportplatz: Könnt ihr das schneeweiße Fachwerkhaus sehen? Das ist der Hof von Makowka. Der wird aber nicht mehr landwirtschaftlich genutzt. Platz um Nester zu bauen gibt es da noch reichlich. Wenn ich dieses Haus aus der Ferne sehe, weiß ich, dass ich meine Heimat Bassum erreicht habe."

Grete und die Kinder nahmen das weiße Gemäuer zur Kenntnis. Sie wunderten sich alle über die Euphorie in Wolfgangs Stimme, sein Zwitschern klang so fröhlich und unbeschwert.

„Seht, da ist auch Freyes Gasthaus. Der Parkplatz ist gut besetzt, da wird es eine Feier geben. Die Menschen sammeln sich gerade vor der Eingangstür."

„Sag Vater, weshalb haben all diese Menschen keinen Mund mehr? Man kann doch nur die Augen und die Nase sehen. Das sieht ja seltsam aus"

Das war Tim aufgefallen.

Wolfgang wusste alles: „Corona, ein Virus, bedroht die Menschen weltweit. Um sich nicht damit anzustecken, müssen die Menschen einen Mund-Nasenschutz tragen. Gerade bei größeren Menschensammlungen ist die Ansteckungsgefahr sehr groß.

Ist ähnlich wie bei uns die Vogelgrippe oder Geflügelpest, auch Viruserkrankungen, die aber für die Menschen nicht gefährlich sind."

„Dann könnten doch auch wir uns so schützen." Das war Maries Idee.

„Kleines Dummchen! Wenn wir uns etwas über den Schnabel decken müssten, könnten wir keine Insekten Flug fangen und müssten verhungern."

Die fünf Schwalben waren müde nach dem langen Flug und spürten eine Art Jetlag. Viel zu lange hatten sie während des Nonstop-Fluges schlafen müssen. Jetzt suchte Wolfgang einen Baum als Ruheplatz aus. So saßen sie friedlich zwischen den grünlich weißen, in Büscheln angeordneten zarten Blütenknospen eines Zwetschenbaumes. In diesem Jahr hatten sie ihr Ziel Bassum am 17. April erreicht. Damit lagen sie noch gut in der Zeit. Solange Wolfgang zurückdenken konnte, war er zwischen dem 10. und 18. April aus dem Winterquartier zurückgekehrt. Die Natur war hier aus dem Winterschlaf erwacht. Überall fing das zarte Grün an Büschen, Bäumen und Hecken zu sprießen. Die Blüten der Forsythien zauberten gelbe Kleckse in die Natur. Die prächtigen Magnolien fielen durch ihre weißen oder rosafarbenen großen tulpenartigen Blüten auf. Es war zu hoffen, dass die Zeit der Nachtfröste vorüber war, denn Minusgrade konnten die herrliche Magnoliepracht in

einer Nacht vernichten. In manchen Jahren
war nicht mehr damit zu rechnen. Auf
Wiesen und Rasenflächen leuchteten
Frühlingsboten: weiße Gänseblümchen mit
ihrem gelben Knopf in der Mitte und zum
Leidwesen der Gartenbesitzer auch der gelbe
Löwenzahn.
Wie gut hatte es die Natur doch eingerichtet,
denn an den Blüten der Frühlingsblüher
labten sich zahlreiche Insekten. Der Tisch
war also gedeckt.
Morgens wurden sie von Vater Wolfgang
geweckt, der schon wieder putzmunter war.
„Mir fällt gerade so ein Zungenbrecher ein,
den ich bei den Menschen gehört habe.

‚Zwischen zwei Zwetschenzweigen
zwitschern zwei Schwalben.
Zwei Schwalben zwitschern
zwischen zwei Zwetschenzweigen.'

Kaum einer bringt das fehlerfrei über die
Lippen."
Grete und die Kinder waren noch nicht
empfänglich für solche Späße. Deshalb
drehte Wolfgang zunächst allein seine

Runden, um zu sehen, was sich in Bassum während seiner Abwesenheit alles verändert hatte. Er nahm sich vor, erst einmal die riesigen aufgestellten Kräne zu inspizieren. Wo gab es Veränderungen, wo Neubauten? Aha, an der Ecke Bahnhofstraße/Am Bahnhof war die erste Großbaustelle, ein hoher Kran war weithin sichtbar. Sicher würde dort wieder ein Mehrfamilienhaus entstehen. In der Syker Straße fand er den nächsten Kran. Vermutlich wieder ein Mehrfamilienhaus. Fast gegenüber war bereits ein großes Gebäude erbaut worden, es war bereits bewohnt.

Foto Christa Bohlmann

Am Kindergarten stand jetzt kein Kran mehr. Das Haus in den bunten Farben war hübsch anzusehen.

Der riesige Bau am Mühlenweg war noch nicht vollendet. Das Mühlenquartier war in der Tat ein großes Objekt. Wohnungen für Senioren sollten das werden. Gab es in Bassum wirklich so viele alte Menschen, die ein neues Heim suchten?

Wolfgang hatte von Mehrgenerationshäusern gehört. Wie viel würde er dafür geben, könnte er mit seinen Kindern, Enkeln und Urenkeln zusammenleben. Seine Nachkommen lebten längst nicht mehr alle. Einige hatten den langen Flug nach Afrika nicht überstanden und waren vor Schwäche einfach vom Himmel gefallen. Andere seiner Nachfahren hatten den Aufprall gegen eins der riesigen Rotorblätter eines Windkraftrades nicht überlebt oder waren Opfer eines Falken geworden.

Nach wie vor stellen Vogelfänger in Italien ihre Netze auf, um Zugvögel zu fangen, die eine saisonale Ergänzung des Speiseplans bedeuten. Die gefangenen Zugvögel werden von den Wilderern zwei Wochen lang im

Dunklen gehalten und gemästet, bevor sie auf den Tellern landen. Eine gewisse Traurigkeit machte sich bei Wolfgang breit. Er war überzeugt, dass es richtig war, sich intensiv um die Letztgeborenen zu kümmern, um sie auf ihr eigenes Leben mit eigener Familie vorzubereiten. Die Zeit war gekommen, Tim, Tom und Marie loszulassen, denn sie würden schon in wenigen Tagen mit ihrem Nestbau beginnen. Er wollte sich mit seiner Grete um eine neue Brut kümmern.

Zunächst wollte er kontrollieren, ob das eine oder andere Nest aus den vorherigen Jahren bei Behlmers noch nutzbar war oder ob die Schwalben sich um einen Neubau kümmern müssten. Er war sich sicher, dass er auch in diesem Jahr bei Annette und Wilfried wohnen wollte. Und Grete wäre bestimmt glücklich, ihre Lebensretter wiederzusehen. Aber die Kinder brauchten ja auch einen geeigneten Platz.

Er flog von Osterbinde nach Wichenhausen, dann nach Klenkenborstel, Bramstedt, Hallstedt, danach nach Wedehorn. Später inspizierte er den Bereich um die Stifts-

kirche, das Bassumer Stiftsgebäude, den
Kindergarten Rentei und das verfallene
Gebäude der alten Kornbrennerei.

Ach, die Stiftskirche, eins der Bassumer
Kennzeichen - die Kirche mit dem
gedrungenen Turm!

Foto Christa Bohlmann

Gerade wenn er aus Richtung Harpstedt
geflogen kam, war der Kirchturm von
weitem zu erkennen. Für ihn, Wolfgang,
wieder ein Zeichen, seiner Heimat nah zu
sein. Bei dem Anblick wurde ihm immer
recht warm uns Herz. Vor Jahren schon hatte

27

er erfahren, dass auch die Bassumer
Stiftskirche einst einen hohen Turm hatte,
der bereits im 14. Jahrhundert einem Brand
zum Opfer fiel. Aber mit diesem markanten
Turm blieb die Kirche mit den gotischen und
romanischen Bauelementen einmalig.
Wolfgang drehte noch ein paar Runden,
bevor er den Zwetschenbaum aufsuchte.
Seine Hoffnung, die Familie dort wieder-
zufinden, wurde erfüllt. Bevor er vor allem
die Kleinen mit seinem Wissen bedrängte,
stellten die einige Fragen.
Tom wollte wissen:
„Weshalb bauen wir unsere Nester nicht in
einem Baum? Da ist man doch gut
geschützt."
Wie immer wusste Wolfgang eine Antwort:
„Das überlass ruhig den Körnerfressern. Seit
Schwalbengedenken bauen wir unsere Nester
an Fassaden. Somit sind wir an menschliche
Siedlungen gebunden. Laut Volksglauben
sind wir Glücksbringer, halten angeblich
Unwetter ab und sind meistens will-
kommen."
Tim wollte etwas anderes wissen.

„Wir sollen also lehmige Erde aus Pfützen mit Speichel vermischen und zu einer festen Masse verkleben und so unser Haus zusammenbauen? Was ist, wenn es zu trocken ist und keine Pfützen zu finden sind?"

„Irgendwo ist immer Wasser zu finden. Zum Beispiel am Klosterbach, auch an den Teichen im Reisegarten oder am Petermoor. Ihr könnt auch nach einem verlassenen Nest schauen und das wieder herrichten. Während wir in Afrika überwintern, dürfen die Menschen die Nester weder beschädigen noch zerstören. Ich rate euch, sucht euch am besten einen Platz auf einem Bauernhof mit Viehwirtschaft, denn da wird es genug Insekten geben, auch bei Regenwetter."

„Aber ein Neubau ist doch viel schicker als so ein oller Bauernhof!" Das war die Meinung von Marie.

„Die Nistmöglichkeiten an Neubauten mit Flachdach und glattem Verputz sind für uns Schwalben stark eingeschränkt. Aus Angst vor Kotspuren werden wir schon meist vertrieben, bevor der Nestbau überhaupt beginnt. Es sieht ja auch wirklich nicht gut aus, wenn eine Wand so vollgeschittert ist. Aber das lässt sich mit den kleinen Nesthockern eben nicht vermeiden. Es gibt Menschen, die extra ein Kotbrett anbringen, um die Verschmutzungen auszuschließen. Aber jetzt kommt, wir wollen endlich wieder unser Zuhause aufsuchen. Mama und ich, wir werden unser Nest wieder bei Behlmers herrichten, komme was wolle. Ansonsten bauen wir uns ein neues Nest, aber genau da soll es sein, in der etwas versteckten Straße Zum Garbruch. Wir wissen, dass wir dort willkommen sind. Es wird eine Freude sein, die Behlmers wiederzusehen. Ob sie noch die Pferde haben?"

Die jungen Schwalben erfüllten die Bitte des Vaters und begleiteten ihn auf dem Weg zu Behlmers Hof. Dabei waren sie schon ziemlich nervös, denn sie hatten sich mit ihren zukünftigen Partnern verabredet. Als Treffpunkt hatten sie in genau einer Stunde den Bassumer Bahnhof gewählt.

Zugleich schwärmten Grete und Wolfgang, als sie ihr Ziel erreicht hatten: „Jaaa, hier ist unsere Heimat, hier sind wir zuhause."

Grete hörte Annettes vertraute Stimme:

„Wilfried, jetzt wird der Sommer kommen. Unsere Schwalben sind wieder zurück!"
Ihre Stimme klang sanft und sehr erfreut. Annette und Wilfried hatten sich schon häufig darüber unterhalten, dass es früher viel mehr Schwalben gab. Kein Wunder, denn der Mensch war nicht nur Freund, sondern auch Feind der Schwalben. Außer den geeigneten Nistplätzen mangelt es ihnen immer mehr an Nahrung. Durch den Einsatz von Schädlingsbekämpfungsmitteln und Ver-siegelung der Landschaft geht das Vor-kommen der Insekten stark zurück. Baumaterial in versiegelten Wohngebieten zu finden, wurde immer schwerer. Annette und Wilfried suchten nach einer flachen Schale, füllten sie mit Lehm und Wasser und boten dieses ihren Glücksbringern als Willkommensgruß an.
Wolfgang und Grete umflogen ihre Wirtsleute in Kopfhöhe, als sie ihnen in der Diele begegneten. Die Wiedersehensfreude war bei dem Schwalbenpaar genau so groß wie bei den Menschen.
Wolfgang überlegte: Sollten sie in diesem Jahr wieder das komfortable Nest in der

Diele herrichten? Die Schwalben inspizierten alle Möglichkeiten, die ihnen der Hof bot. Wenn sie eine geöffnete Tür fanden, schauten sie sich auch mal in der Waschküche um. War ja recht nett hier, aber die Wände waren zu glatt, um da ein Nest zu bauen. Als einmal die Küchentür offenstand, nutzten sie die Gelegenheit, um hier nach dem Rechten zu sehen. Seelenruhig nahm Wolfgang auf der Gardinenstange Platz und trällerte ein Liedchen. Allen war klar, dass es da keinen geeigneten Platz für Schwalben gab. Als Annette Fenster und Türen öffnete, flogen sie ruhig und besonnen wieder ins Freie – Wolfgang vornweg, gefolgt von seiner Grete. Es dauerte fast eine Woche, bis sie sich für die richtige Immobilie entschlossen hatten. Nein, nicht im Pferde- oder im Hühnerstall wollten sie bleiben. Sie entschieden sich für das Korbnest in der Diele, für das sie nun fleißig Material suchten, um es luxuriös auszustatten. Erinnerungen wurden wach. Vor allem Grete dachte an die Rettungsaktionen von Annette, die ihr schon zweimal das Leben gerettet hatte.

Im letzten Jahr hatten das Schwalbenpaar nach einem geeigneten Nistplatz Ausschau gehalten. Als sie sich endlich entschieden hatten, dauerte es nicht lange, bis das erste Ei im Nest lag.

In der Diele standen ein paar alte Schränke. Obendrauf hatten einige Körbe ihren Platz gefunden. Körbe, die nicht mehr gebraucht wurden. Da sie im guten Zustand waren, sah man keinen Grund, sie zu entsorgen. Unter anderem gab es da oben auf dem Schrank eine Vase aus Korbgeflecht, etwa 35 cm hoch und 10 cm im Quadrat. Diese Vase war innen mit Folie ausgekleidet. Was jetzt kam, wusste Grete nur noch von Wolfgangs Erzählungen.

Nicht nur Wolfgang, sondern auch Annette und Wilfried hatten die Schwälbin Grete schon vermisst. Wolfgang wusste zwar, wo seine Herzensdame war, aber er konnte ihr nicht helfen. Wolfgang hatte auf dieser Vase Platz genommen, putze sich, flog ein paar kleine Runden und setzte sich wieder auf das Korbgeflecht. Aber er blieb allein.

Einer Eingebung folgend hatte Annette eine Idee. Sie holte eine Trittleiter, um das Rätsel zu lösen. Wolfgang war nur einen Korb weitergeflogen und beobachtete das Geschehen. Annette erschrak, denn Grete steckte kopfüber in der Vase fest und hatte keine Chance, sich selbst zu befreien. Annette, Wilfried und auch Wolfgang befürchteten schon, dass Grete das nicht lebend überstehen würde. Behutsam zog Annette die Schwälbin aus der Vase heraus. Grete lebte!

Welch eine Freude! Als wollten sie ihre Dankbarkeit zeigen, flog das Pärchen besonnen um Annettes Kopf.

Allerdings musste sich Grete noch oft von Wolfgang anhören, dass sie fast Opfer ihrer Neugier geworden wäre. Ja, ja, wer den Schaden hat, braucht für den Spott nicht zu sorgen.

„Komm, lass uns zur Freudenburg fliegen", schlug Wolfgang vor.

Grete fand die Idee zwar gut, hatte aber Einwände:

„Lange können wir nicht mehr unterwegs sein. Das erste Ei wird bald kommen, das spüre ich genau."

„Ach Grete, lass uns noch ein paar Tage unsere Freiheit genießen, bevor die Brüterei beginnt. Es kann nicht schaden, wenn wir uns vorher noch richtig voll futtern. Die nächsten Wochen werden noch stressig genug."

„Ja, aber", warf Grete ein, doch Wolfgang unterbrach seine Frau. „Kneif zusammen, Grete, dann kann das Ei noch nicht raus."

„Typisch Mann", dachte Grete und verdrehte die Augen. Sie sprach es lieber nicht aus.

Foto Christa Bohlmann

Die beiden starteten in Richtung Freudenburg, der Weg bis dahin war nicht weit. Über dem Klosterbach tanzten die

Mücken und andere Insekten, die im Schnabel von Grete und Wolfgang verschwanden.

Sie waren sich einig, dass das Gelände rund um die Freudenburg ein schönes Fleckchen Erde ist. Die Anlage war gepflegt, die Wege geharkt und vom Herbstlaub befreit. Die beiden Schwalben inspizierten das Hauptgebäude, die eigentliche mittel-alterliche Burg auf dem Burghügel, die Anfang der 90er Jahre renoviert wurde. Dann flogen sie rund um das Verließ, das den Bassumern schon etliche Ausstellungen geboten hatte. Sie setzten sich auf das Dach der Heimatstube, in der schon viele Paare ihr Ja-Wort gegeben hatten und schauten auf die Konzertmuschel. Hier hatten schon viele bekannte Künstler einen Auftritt und die Besucher begeistert, auch Wolfgang und Grete hatten die Events verfolgt.

Schließlich flogen sie über das Seminar- und Tagungshaus, dem im Jahr 2009 sanierten Vorwerk. Die Volkshochschule bot in diesen Räumen Kurse und Seminare an. Manchmal war dort Full House und der Parkplatz war pickepacke voll.

Weiter flogen die Schwalben zur alten Thingstätte und sie erinnerten sich an die Erzählungen über die uralte Gerichtslinde, die vor Jahren durch einen heftigen Sturm entwurzelt wurde. Sie stand in der Mitte eines Steinkreises.

Wolfgang und Grete hüpften von Stein zu Stein und es sah aus, als lieferten sie sich ein neckisches Spiel.

Auf dem Rückweg hielten sie Ausschau nach geeignetem Baumaterial. Das eine oder andre Hälmchen war sicher noch gut im Korbnest unterzubringen.

Vor Jahren hatten Wolfgang und Grete ihr Nest noch selbst gebaut, so ganz nach Schwalbenart: Sie hatten aus Lehm und Speichel einen Napf gebaut und den an die Wand dicht unter die Dielendecke geklebt. Ausgepolstert hatten sie ihr Nest mit Gräsern und Federn, so dass es schön weich und kuschelig war. Bald darauf hatte Grete an vier aufeinanderfolgenden Tagen ihre hellen gefleckten Eier, die sie geduldig ausbrütete, ins Nest gelegt. Wolfgang blieb immer in ihrer Nähe. Nach fünfzehn Tagen war es soweit, denn vier junge, noch nackte Rauchschwalbenkinder waren aus den Eiern geschlüpft. Die Kleinen wuchsen Tag für Tag und ihr Federkleid begann zu sprießen. Für Grete und Wolfgang wurde es stressig, sie hatten jetzt viel zu tun, um den riesigen Appetit der Kinder zu stillen. Unermüdlich brachten sie Fliegen, Mücken, Schmetterlinge und sogar Blattläuse mit.

Foto Alfred Rozenvalds

Langsam wurde es eng im Nest, denn die jungen Schwälbchen waren schon gut gewachsen. Zusammengedrängt saßen sie meist auf dem äußeren Rand des Nestes, wagten aber noch nicht den ersten Flug. Dann geschah das Unglück: Das Nest fiel herunter und die winzigen Vögelchen lagen auf dem Boden verteilt. Es sah aus, als stellten sie sich tot. Grete und Wolfgang hatten das Unglück zwar bemerkt, sie konnten aber nicht eingreifen. Was konnten sie auch tun? Zum Glück hatte Annette die Vögelchen gefunden. Sie nahm die Kleinen in ihre Hände, um sie warm zu halten. Annette kam die rettende Idee – wieder einmal! Sie erinnerte sich an einen kleinen aus Schilfrohr geflochtenen Korb aus ihrem Blumenübertopflager. Wilfried brachte das Körbchen, das die Schwalbenpaten eilig mit etwas Heu ausgepolstert hatten, mit dem Akkuschrauber über dem Brettchen an. Die Schwalbeneltern hatten die Bautätigkeiten beobachtet und flogen immer um Annette herum, die ja die Kinder in ihren warmen Händen hielt. Als die Kleinen dann in ihr neues Wohndomizil einzogen, flog die Schwälbin Grete immer in Handhöhe mit. Das Menschenpaar und auch das Schwalbenpaar erinnerten sich noch oft an diesen Unglücksfall und die Rettung der Jungvögel. Der kleine Schilfrohrübertopf ist auch nach Jahren ein noch Luxuswohnraum für Schwalben.

„Komm Grete, lass uns noch mal zum Bassumer Utkiek fliegen. Mal sehen, ob sich da etwas verändert hat."
Eigentlich mochte Grete nicht, aber Wolfgang zuliebe flog sie mit in Bassums höchstes Naherholungsgebiet, das einst eine Mülldeponie war.
Heute lädt der Utkiek zum Wandern, Spielen und Verweilen ein. Einige Menschen genießen die Aussicht, andere beobachten die Natur. Vor ein paar Jahren wurde die Deponie in einem aufwändigen Verfahren stillgelegt und rekultiviert.

Foto Petra Landau

Erstaunlich, dass sich dieser Ruhepol gleich neben dem laufenden Betrieb der abfall-wirtschaftlichen Anlagen befindet.

An diesem Tag hatte das schöne Wetter etliche Menschen auf den Berg gelockt. Menschen allein, zu Zweit oder ganze Familien mit den Kindern. Manche mit Hund, andere ohne.

Einige Bergbesteiger verausgabten sich an den aufgestellten Sportgeräten und kamen am Klimmzugtrainer oder an der Sprossenwand ins Schwitzen. Die Kinder zog es auf den über 100 m langen Kletter-parcours und sie krabbelten durch Röhren und über Seilpfade.

Ziel aller Besucher war schließlich, wenn die Puste reichte, das Aussichtsplateau.

Auch Kunstobjekte fehlen nicht auf dem Bassumer Utkiek: Zu bestaunen sind Land-Art-Installationen, die von den Schülerinnen und Schülern der Gymnasien Twistringen und Syke geschaffen wurden.

Einige Spaziergänger machten Rast in den Wanderschutzhütten.

Grete und Wolfgang nahmen alles genau in Augenschein und sie freuten sich über das bunte Treiben der Menschen auf dem Berg.

„Sieh nur Grete, auf der Südseite ist ein großes Solarfeld. Damit erzeugen die

Betreiber reichlich Strom. Das ist doch wirklich eine gute Sache für unser Klima."

Bevor sie in ihr Heim bei Behlmers flogen, schnappten sie sich noch reichliche Insekten, es gab genug davon. Und die Menschen freuten sich über den Anblick der Schwalben:
„Sieh nur, die Schwalben fliegen so hoch, dann wird das Wetter gut!"
Wolfgang belächelte die Äußerung aus Menschenmund. Bei schlechtem Wetter und niedrigem Luftdruck fliegen die Insekten nicht so hoch. Dann gibt es da oben eben auch keine Leckereien.

Nachdem sich Grete und Wolfgang von ihrem Ausflug erholt und über das Erlebte diskutiert hatten, machte Grete einen Vorschlag:
„Lass und noch mal los fliegen, ich möchte heute Abend noch viel Holz sehen.
„Okay", meinte Wolfgang. „Fliegen wir zum Dicken Braken. Ich finde es auch herrlich, die Bäume dicht an dicht aus der Vogelperspektive zu sehen. Die Menschen

mögen das auch und schicken dazu Drohnen in die Luft, um diesen Anblick zu genießen."
„Nee, das können wir ein anderes Mal machen. Ich möchte die Bassumer Paletten-fabrik anschauen. Es fasziniert mich immer wieder, wenn ich das gelagerte Holz und die unzähligen Paletten sehen kann. Was für ein Anblick! Und dieser Duft nach Holz in der Luft!"
„Dann man los, Grete. Über die Paletten-fabrik habe ich mich schlau gemacht und kann dir einiges darüber erzählen."
Eigentlich wollte Grete selbst sehen, beurteilen und staunen, aber sie nahm die langatmigen Vorträge ihres Gatten in Kauf.
„Die Palettenfabrik existiert schon bald 60 Jahre lang. Damals wurden dort vorwiegend Eisenbahnschwellen und Jägerzäune herge-stellt. Auf Kundenwunsch wurden Hölzer maßgerecht geschnitten. Aber die Zeiten haben sich geändert. Die Bahn verlegt jetzt Schwellen aus Beton und Jägerzäune sind aus der Mode gekommen. Vereinzelt kann man sie noch sehen.
Jetzt hat man sich auf die Herstellung und den Vertrieb von Paletten spezialisiert, die

den Transport von Gütern erleichtern. Das Betriebsgelände umfasst inzwischen 80.000 qm. Es werden nicht nur die genormten Euro-Paletten hergestellt, sondern alle möglichen Arten zur Einmal- oder Mehr-fachverwendung. Das Werk bietet ein umfangreiches Angebot, auf Wunsch in Sondergrößen und –abmessungen. Gefertigt werden die Paletten vorwiegend aus heimischen Hölzern. Nach der Fertigstellung werden die Paletten in der großen Halle getrocknet. 45.000 Stück passen da hinein. Bei 56 Grad werden sie eine halbe Stunde lang erhitzt, um sie lebensmittelsicher für die Industrie zu machen. Es gelingt in den Trockenkammern also eine Entwesung der Hölzer, das nach dem Vorgang keine Schädlinge mehr enthält."

„Was machen die denn mit den Holzresten. Mit der Borke und Stücken, die sie nicht verwenden können?" Grete hatte gut zu gehört und war gespannt auf Wolfgangs Antwort.

„Gute Frage! Die Sägeresthölzer werden im eigenen Holzheizwerk verbrannt, die Energie wird für die Beheizung der Trockenkammer benötigt. Außerdem werden Büro- und Wohnräume damit beheizt.

Die von der Palettenfabrik leisten einen guten Beitrag zum Umweltschutz. Sie achten auf kurze Beschaffungswege, denn sie beziehen einen Großteil des Holzes aus heimischer, zertifizierter Forstwirtschaft."

„Das hört sich ja alles super an, was die da machen. Wären doch alle Betriebe so umweltbewusst", meinte Grete.

Sie genoss noch einmal sichtlich den Geruch von frischem Holz, flog ein paar Runden über das Betriebsgelände und schlug dann schnurstracks den Weg zu ihrem Paradies, ihrem Zuhause bei Behlmers ein. Wolfgang folgte seiner geliebten Schwalbengattin.

Als sie dort angekommen waren, erwartete sie eine Überraschung, Tom war zu Besuch. Das war eine Wiedersehensfreude!

Zusammen nahmen sie auf den abgestellten Körben auf den Schränken in der Diele Platz und zwitscherten um die Wette.

Auf dem Rückflug aus Afrika hatte es sich schon abgezeichnet: Tom hatte sich in Mette verliebt. Mette war auch eine besonders Hübsche. Zusammen mit ihr hatte er ein verlassenes Nest in Osterbinde hergerichtet. Auf diesem großen Hof war der landwirtschaftliche Betrieb vor Jahren eingestellt worden. Jetzt hatten hier einige Kinder ein Zuhause gefunden. Tom schwärmte von den gewaltigen Rhododendronbüschen, die in ein, zwei Wochen in voller Blüte stehen würden. Auf den Anblick freute er sich mit seiner Mette, die bereits das erste Ei ins Nest gelegt hatte. Tom war schon ganz aufgeregt – er würde bald Vater sein! Und er wollte ein guter Vater werden, mit Wolfgang hatte er ja ein ideales Vorbild. Insekten gab es auf dem benachbarten landwirtschaftlichen Betrieb genug.

Grete war plötzlich still geworden. Sollte ihre Schwiegertochter noch vor ihr brüten? Sie fühlte eine Unruhe in sich und war sich sicher, dass auch sie morgen ihr erstes Ei der Saison ins Nest legen würde. Auch wenn Wolfgang noch versuchte, sie auszubremsen.

Am nächsten Morgen war Wolfgang schon früh unterwegs gewesen. Als er ins Nest zurückkam, hatte er den Schnabel voll mit Insekten, eine Liebesgabe für seine Grete.

Sie beschlossen, den Tag mit ein paar Rundflügen über dem Friedhof zu beginnen. Auf fast allen Grabstellen leuchteten die Frühlingsblumen in den schönsten Farben. Sie bestaunten die letzten gelben Osterglocken, Tulpen, meist in rot oder gelb, Stiefmütterchen, vorwiegend in blau und gelb und sie hatten Freude an den bunten Primeln. Auf wenigen Grabstellen sah es trostlos aus, manchmal lag da noch das Weihnachtsgesteck. Die Schwalben wussten nicht, weshalb die Angehörigen die Grabpflege vernachlässigt hatten. Vielleicht waren sie selbst alt oder krank und gebrechlich.

Es gab immer mehr Grünflächen auf dem Friedhof, nachdem die Gräber aufgegeben wurden. Mit farbigem Kies bedeckte Flächen waren hübsch anzusehen. Unkraut hatte hier keine Chance, die Grabstelle zu verunzieren. „Sieh mal da nach links, Grete. Das ist ja neu, ich meine das Ovale da hinten."

Foto Christa Bohlmann

„Da ist noch so etwas, aber in rund. Was mag das sein, Wolfgang? Sieht aber hübsch und gepflegt aus"
Wolfgang hatte zwei Frauen entdeckt, die auf einer Bank neben der Anlage Platz genommen hatten. Er belauschte ihr Gespräch und erfuhr, dass es sich hier um halbanonyme Grabstellen handelte, auf denen nur ein kleines Namenschild den Hinweis auf die hier beigesetzte Urne des Verstorbenen gab.

„Ich flieg nach Hause", rief Grete und sauste davon. Dagegen verspürte Wolfgang noch keine Lust, nach Hause zu fliegen. Er saß mit ein paar anderen Schwalben in einer der beiden riesigen Rotbuchen und plauderte mit ihnen über Dies und Das. Er war immer begierig, Neuigkeiten zu erfahren.

Nachdem Grete ihr Korbnest erreicht hatte, versuchte sie, die richtige Wohlfühllage zu finden. Wenn sie ehrlich war, könnte das Nest in der Tat etwas größer sein. Sie versuchte sich zu setzen, aber irgendwie war ihr der lange Schwanz immer im Weg. Sie stand wieder auf und wechselte die Sitz-haltung. Jetzt war sie zufrieden, so konnte es gehen. Kaum hatte sie das Wohlgefühl zur Kenntnis genommen, brachte sie das erste Ei ins Nest.

Grete stand auf und schaute stolz auf das noch leicht feuchte helle, etwas gefleckte Ei. Da würde Wolfgang aber staunen! Und das tat er dann auch.

„Ach Grete, hättest du doch was gesagt. Ich wäre doch bei dir geblieben. Bleib sitzen, mein Schatz, ich hol dir gleich ein paar Insekten. Schon du dich lieber!"

„Bis das nächste Ei gelegt ist, kann ich ja noch ein bisschen umher fliegen!"

„Pass nur auf, dass du nicht unterwegs ein Ei verlierst. Das wäre doch zu traurig."

„Keine Sorge, Wolfgang. Das ist ja schließlich nicht meine erste Brut. Ich bin ja schon ein alter Hase."

Wolfgang lachte laut: „Ja, ja, ein Hase im Schwalbennest."

Dann fuhr er fort: „Die anderen haben etwas erzählt, ich kann das gar nicht glauben. Du weißt doch, gegenüber vom Friedhof ist das Krankenhaus."

„Ja sicher weiß ich das. Das wurde schon jahrelang umgebaut und modernisiert. Alles wurde auf den neusten Stand gebracht. Im letzten Jahr war dort der Bär los, weil da das Impfzentrum eingerichtet wurde."

„Ja das stimmt. Aber in Zukunft soll diese große Klinik keine Bedeutung mehr haben. Es soll hinter Twistringen eine Zentral-Klinik für den Landkreis Diepholz gebaut werden. Größer, moderner, effizienter. Dabei gibt es hier doch Fachabteilungen für Innere Medizin, Gefäß-, Plastische – und Handchirurgie. Natürlich gibt es auch die

Anästhesie und Intensivmedizin und das neue Gebäude als Zentrum für seelische Gesundheit. Und das soll bald alles keine Bedeutung mehr haben? Versteh mir einer die Menschen!"

Foto Christa Bohlmann

„Beruhige dich Wolfgang, wir beide werden das neue Zentrum nicht mehr sehen, denn unsere Jahre sind gezählt. Wir gehören schon zum alten Eisen."
„Alt schon, liebe Grete, aber auch weise. Denk mal an die vielen Kinder, die aus unseren Eiern geschlüpft sind. Schade, dass

nicht mehr alle leben. Manchmal hast du zwei-, einmal sogar dreimal gebrütet. Und weißt du noch, als du mal sechs Eier gelegt hattest. Auwei, das war vielleicht ein Stress, die Kleinen alle satt zu kriegen. Schade, einige hat man total aus den Augen verloren und wir wissen gar nicht, ob sie noch leben. Wie gut, dass wir uns so intensiv um Tim, Tom und Marie gekümmert haben. Die kamen ja als dritte Brut erst im August zur Welt und wir hatten doch Angst, dass sie den langen Flug gar nicht schaffen würden. Aber dank unserer Fürsorge ist doch alles gut gegangen. Gottlob."

Grete liebte die Stunden, wenn sie sich in aller Ruhe mit ihrem Wolfgang über Gott und die Welt unterhalten konnte. Sie mochte ihren stattlichen Gatten gern ansehen, wenn er auf einem der Körbe saß und sein Gefiedert putzte. Zufällig kam ihr Gespräch auf ihr paradiesisches Leben hier auf dem Hof. Annette und Wilfried waren überzeugte Tierfreunde und widmeten ihren Tieren viel Aufmerksamkeit und Zeit:

den sechs Pferden, vier Hühnern, drei Gänsegantern und zwei Hunden.

„Das ist noch nicht alles - als ich mal in die Wohnung geflogen bin, habe ich fünf bunte Wellensittiche und sogar vier Großsittiche gesehen. Und denk mal an die vielen Wild-vögel und Wildtiere. Erinnerst du dich noch an den Fuchs, der hier neulich durch die Gegend streifte. Vielleicht hatte er es auf eins der Hühner abgesehen?", überlegte Wolfgang.

„Auf einen der Ganter bestimmt nicht. Die sind ja schärfer als ein Wachhund. Ich glaube, die hätten dem Fuchs Beine gemacht. Vonwegen ‚Fuchs du hast die Gans gestohlen'.

Vergiss nicht unsere große Schwalbenschar, die hier Unterschlupf findet."

„Ich glaube aber, wir haben bei den Behlmers einen Stein im Brett. Wir haben wohl ein besonderes Verhältnis miteinander, oder was meinst du?"

„Na klar, das ist wirklich so. Ich glaube, sie mögen es, wenn wir ganz dicht um ihre Köpfe fliegen. So nah kommen die anderen Schwalben ihnen nicht, wir haben ja auch schon viel miteinander erlebt.

Lass mal überlegen, im Pferdestall sind drei Nester, im Hühnerstall zwei. Hier in der Diele sind außer unserem noch zwei Nester. Und draußen haben sich die Mehlschwalben niedergelassen. Diese Verwandten von uns bauen ihre Nester meist draußen und nicht in Ställen, Scheunen oder anderen Gebäuden."

„Ihre Nester sind viel geschlossener und haben nur so einen kleinen Ausschlupf."

„Dann sind die Kleinen auch besser vor Wind und Regen geschützt. Verwechseln kann man uns kaum mit den Mehlsschwalben, die doch viel kleiner als wir Rauchschwalben sind. Sie haben auch nicht die langen Schwanzaußenfedern und den rostbraunen Kehlfleck."

„Stell dir mal vor, was das für ein Gezwitscher gibt, wenn in jedem der Nester der Nachwuchs geschlüpft ist."

„Wie gut, dass Behlmers Tiere lieben und uns als Glücksboten sehen, sonst könnten sie das Zwitscherkonzert gar nicht ertragen."

„Wart mal Wolfgang, sei mal ruhig! Upps, da ist es. Nummer zwei ist da!"

Stolz betrachteten beide die kleinen Eier im Korbnest. Sie verbrachten eine ruhige Nacht,

glücklich wie damals bei ihrer ersten Brut.
Sie hörten noch, wie Annette die Dielentür
abschloss und sie waren sicher, dass diese
um halb fünf wieder von ihr geöffnet wurde.
Annette wusste, dass Wolfgang und Grete
nie durch die Dielenfenster fliegen würden,
sondern nur durch die geöffnete Tür. Auch
die Hühner und Gänse wurden nachts
eingeschlossen. Auch sie warteten geduldig,
bis sie morgens in aller Herrgottsfrühe
wieder ins Freie gelassen wurden.
Grete hatte geträumt und wachte erschrocken
auf. Sie hatte im Traum die auf dem
Anwesen lebende Schleiereule gesehen, die
im letzten Jahr einmal auf Schwalbenjagd
war. Die gute Annette hatte die Schleiereule
kurzerhand mit einem Wasserstrahl
vertrieben. Jetzt wohnte sie immer noch auf
dem Hof, aber eher abseits.
Liebevoll tröstete Wolfgang seine Frau. „Du
hast schon wieder Angst um unsere Kleinen,
die noch gar nicht geboren sind. Schlaf nur
weiter. Die Zeit wird bald noch hektisch
genug werden."
In aller Frühe startete Wolfgang seinen
ersten Rundflug über seine geliebte Heimat

Bassum. Zuerst fing er im Flug leckere Insekten, um seinen Hunger zu stillen. Auf dem Rückflug würde er eine Ration für Grete mitbringen. An diesem Morgen wollte Wolfgang hoch hinaus, denn er flog in Richtung Ringmar. Sein Ziel war der Fernmeldeturm der Deutschen Telekom. Dort traf er auf andere Schwalben, die so wie er die Aussicht bewunderten. Stolze 134 m war der Stahlbetonturm hoch. Im Gespräch erfuhr Wolfgang einiges über Bassums höchstes Bauwerk, auch „Langer Bass" genannt.

Hörfunk- oder Fernsehübertragungen hatte es von diesem Turm zu keiner Zeit gegeben. Viele Jahre diente der Turm zur Über-mittlung von Richtfunk-Signalen. Im Zuge der Umstellung auf Glasfaserleitungen wurden bereits die meisten großen Antennen entfernt. Diese Neuigkeit sollte er doch gleich seiner Grete übermitteln.

Foto Petra Landau

Heimchen, Grillen, Heuschrecken und anderes Kleingetier brachte Wolfgang seiner Frau ins Nest. Brühwarm berichtete Wolfgang alles, was er über den Fernmeldeturm gehört hatte.

„Dann hast du wieder etwas Wissenswertes aus Bassum, von dem du unserem Nachwuchs erzählen kannst. Vergiss es nicht."

„Keine Sorge, mein Schatz. Der Turm ist hoch genug, um ihn nicht zu vergessen."

„Wer weiß, vielleicht gibt es ihn gar nicht mehr, wenn wir im nächsten Jahr aus Afrika zurückkehren?"

„Du bist ganz schön mutig. Bedenke unser Alter! Wir sind inzwischen immerhin schon acht Jahre alt und haben somit quasi das Schwalben- Höchstalter erreicht. Beide! Glaubst du, wir schaffen den Flug noch einmal? Aber hier zu bleiben ist auch keine Option. Die Insekten verkriechen sich im Winter und wir müssten verhungern. Wir passen gut auf uns auf und machen einfach so weiter."

Grete konnte gar nicht antworten, denn sie sah, wie Besuch herein schwirrte. Als hätten sie sich verabredet, kamen Tim und Marie zu Besuch. Marie hatte auch ihren Liebsten, den Harald mitgebracht. Alt und Jung hatten sich viel zu erzählen. Tim versprach, in Kürze seine Partnerin Sybille vorzustellen. Die Beiden hatten sich für ein Nest an der Südseite der alten Kornbrennerei ent- schieden. Hier hatten sie ein verlassenes Nest gefunden, das sie ohne viel Aufwand bewohnbar machen konnten.

Foto Christa Bohlmann

Der Vater hatte sofort Einwände: „Man erzählt, dass das alte Haus aus dem Jahr 1865 großzügig umgebaut werden soll. Der Käufer, Familie Gillner, wird bald entscheiden, wann das Gemäuer aus dem Dornröschenschlaf geweckt werden soll. Es ist noch nicht bekannt, ob es für Gastronomie oder ein Museum genutzt werden soll. Vielleicht entsteht da neuer Wohnraum. Wenn da erst gebaut wird, ist es mit der wilden Romantik vorbei. Und jetzt habt ihr doch wegen der vielen Tauben, die sich da aufhalten, keine Ruhe, oder?"

Tim war irgendwie geknickt, denn er hatte sich das Leben am Fuße des Kirchbergs so wunderbar vorgestellt.

Es war schön anzusehen, wie die Familienmitglieder verteilt auf den Körben saßen und Grete beim Brüten zuschauten. Wenn sie nicht gerade zwitscherten, putzten sie sich das Gefieder.

Marie und Harald waren an Kolloges Scheune in Klenkenborstel gelandet.

Zunächst hatten sie sich ein verlassenes Nest herrichten wollen, aber das war ihnen nicht gut genug. Nun arbeiteten sie eifrig an einem Neubau, der bereits zur Hälfte fertig war. Deshalb hatten sie auch nicht viel Zeit mitgebracht.

Wolfgang wollte noch ein paar gut gemeinte Ratschläge mit auf den Weg geben:

„Gebt Acht, wenn ihr Material zum Polstern sucht. Nicht alles ist geeignet. Wir haben da ja mal was erlebt…!"

Marie glaubte zu wissen, welche Geschichte ihr Vater gerade erzählen wollte.

„Beliebt sind ja Pferdehaare, weil sie so schön widerstandfähig sind. Hier bei Behlmers haben wir schon so manches Mähnenhaar gefunden und benutzt. Nun gab es hier ja auch einen Schimmel, und eins seiner Schweifhaare ist eurer Mutter beinahe zum Verhängnis geworden. Es war vor drei Jahren, als sich so ein weißes Schweifhaar an der weißen Dielentür verfangen hatte. Annette hätte ein schwarzes Haar bestimmt sofort entfernt, aber dieses weiße Haar hatte sie übersehen."

Grete übernahm und wurde bei der Erinnerung noch heute nervös:

„Ja, ich hatte das Haar entdeckt und wollte es für unser Nest mitnehmen. Aber es hing fest. Ich zog und zog vergeblich und dann kann ich mich erst wieder daran erinnern, als ich in Annettes Händen wach wurde."

Wolfgang war damals drauf zu gekommen und hatte gesehen, wie seine Grete kopfüber in der Luft hing. Das kräftige Schweifhaar hatte sich mehrfach um Gretes Hals ge-schlungen. Wenn Annette nicht zufällig in die Diele gekommen wäre, hätte es ein böses Ende genommen.

„Wir säßen jetzt alle nicht mehr hier. Ich wäre sicher vor Gram gestorben. Also liebe Kinder, passt gut auf euch auf, denn Gefahren lauern überall."
Wolfgangs und besonders Grete erinnerten sich nicht gern an diesen schweren Unglücksfall. Für Wolfgang war es damals sehr schlimm, das verhängnisvolle Geschehen zu sehen und nicht eingreifen zu können. Aber es hatte sie noch mehr zusammengeschweißt: Wolfgang, Grete und Annette.

Foto Alfred Rozenvalds

Am nächsten und am übernächsten Tag legte Grete noch je ein weiteres Ei ins Nest. Sie brütete nun die ganze Zeit, wobei Wolfgang meistens in ihrer Nähe war. Nach fünfzehn Tagen war es geschafft. Aus den Eiern waren vier winzige, noch nackte Rauchschwälbchen geschlüpft. Grete und Wolfgang zeigten sich, wie nach jeder Brut, als stolze und fürsorgliche Eltern.

Unermüdlich flogen sie abwechselnd los, um Insekten für den Nachwuchs zu holen. Dank der guten Versorgung wuchsen die Kleinen zusehends. Die Federn begannen zu sprießen und langsam sahen sie auch aus wie kleine Schwälbchen. Zwei Jungen und zwei Mädels saßen im Korbnest und rissen die Schnäbelchen weit auf, weil jeder zuerst gefüttert werden wollte. Grete hatte die Namen ausgesucht: Liese und Lotte und Max und Moritz.
Gut drei Wochen lang blieben die Kleinen im Nest, das längst viel zu klein für alle geworden war. Dank der guten Fütterung waren die Kleinen bald so groß wie die alten Schwalben. Zusammengedrängt saßen die Kleinen am Rand des Nestes und warteten auf leckere Insekten, die Grete und Wolfgang ihnen brachten. Annette und

Wilfried hatten schon beobachtet, wie sich die jungen Schwalben für den ersten Flug bereit machten. Wer würde zuerst den Mut aufbringen?

Dann war es soweit: Mutig stürzte sich Moritz ins Leere. Er flatterte in der Diele umher, fand den Weg ins Freie und war stolz, denn das erste Abenteuer seines Lebens hatte er gemeistert. Nach dem Motto ‚Was du kannst, kann ich auch' folgten erst Liese, dann Lotte und schließlich Max, der ja auch als Letzter geschlüpft war.

Grete und Wolfgang waren dankbar und glücklich, wenn sie ihre Kinder bei deren elegantem Flug sahen oder wenn die Kids versuchten, in einem Baum Halt zu finden. Ein paar Wochen lang fütterten die Eltern die jungen Schwalben außerhalb des Nestes, bis diese immer sicherer wurden und vollkommen selbständig geworden waren.

Auch aus den anderen Nestern auf Behlmers Anwesen waren die Jungschwalben geschlüpft. Annette und Wilfried erkannten immer wieder ihre Lieblingsschwalben Wolfgang und Grete, denn nur die umkreisten sie häufig behutsam in Kopfhöhe.

Es war an der Zeit, dass Wolfgang die Kinder zusammentrommelte, um mit ihnen und ihrer Mutter einen gemeinsamen Ausflug zu unternehmen. Er wollte ihnen ihre schöne Heimat Bassum zeigen. Lange hatte er überlegt, welches das erste Ziel sein sollte. Dann flog er los – in Richtung Syke und seine Familie folgte ihm. Über dem Kreisverkehr Syker Straße, Industriestraße und Astrid-Lindgren-Straße drehte er ein paar Runden und flog, gefolgt von seinen Begleitern, in einen Apfelbaum.

„Seht nur, da unten wurde im Kreisel eine Blühweise angelegt. Das ist doch gut überlegt von den Verantwortlichen der Stadt. Die vielen Blüten ziehen die Insekten an, und wir haben genug zum Schnabulieren. Habt ihr auch die Tierfiguren gesehen? An jeder Einbiegung hat ein Tier aus Stahl seinen Platz gefunden: ein Lama, ein Katta, ein Nandu und ein Schaf. Das soll die Autofahrer auf den wundervollen Tierpark Petermoor hinweisen. Den werden wir uns demnächst anschauen.

Ich finde es sehr interessant, den Verkehr an solch einem Kreisel zu beobachten. Meist fließt der Verkehr reibungslos und geordnet. Aber manchmal drängelt sich ein ungeduldiger Fahrer vor, obwohl der wissen muss, dass ein Fahrer im Kreisel Vorfahrt hat. Und einige trauen sich nicht, sich einzuordnen, was die Ungeduldigen dahinter zu einem Hupkonzert animiert. Fliegen wir weiter in Richtung Stadt, zum nächsten Kreisel."

Bevor sie diesen erreichten, erzählte Wolfgang von einer weiteren Besonderheit, die er gerade entdeckt hatte.

„Seht ihr da an der Einmündung zum Richtweg am Zebrastreifen die beiden kleinen Mädchen in ihren leuchtenden orangefarbenen Westen? Sie stehen mit ausgebreiteten Armen und einer Polizeikelle in der Hand auf der Straße und halten den Autoverkehr an, damit die kleineren Schüler sicher die Straße zu Fuß oder mit ihrem Fahrrad überqueren können. Wenn der Pulk die andere Straßenseite erreicht hat, geben die Schülerlotsinnen den Weg für den Autoverkehr wieder frei."

Munter drehten sie einige Runden und setzten sich auf die große Linde am nächsten Kreisel, der den Verkehr der Syker Straße, Lange Wand und In der Hollbinde regelt. „Hier entsteht wegen der Supermärkte REWE und NETTO erhöhtes Verkehrsaufkommen. Auch in diesem Kreisel werden die Beete immer schön bepflanzt. Ein im Zentrum gepflanzter Baum wurde einmal in einer Nacht- und Nebelaktion von irgendwelchen Radaubrüdern gefällt. Menschen! Einige sind unmöglich! Seht nur, da vorn ist schon der nächste Kreisverkehr!" Die Kinder stellten noch einige Fragen, welche die Eltern geduldig beantworteten. Grete hörte immer wieder gern zu, wenn Wolfgang über Bassums Sehens- und Liebenswürdigkeiten berichtete. Er hatte das einfach drauf.

„Kinder, wir starten zum letzten Kreisel, der den Verkehr Bremer Straße, Syker Straße und Wilhelm-Rohlfs-Straße regelt. Auch hier werden die Beete farbenfroh bepflanzt und gut gepflegt. Seht ihr in der Mitte das große Denkmal? Das Kriegerehrenmal erinnert an 30 gefallene Bassumer Soldaten im Krieg

Preußen gegen Frankreich im Jahr 1870.
Ihre Namen sind dort eingraviert. Dieses
Denkmal stand ursprünglich vor dem
Amtsgericht, dem prächtigen weißen
Gebäude, das jetzt der Volksbank gehört. Im
Rahmen von Straßenumgestaltungen wurde
das Ehrenmal vorübergehend auf das Ge-
lände der Freudenburg verfrachtet. Im Jahr
2001 kehrte es zurück, nur einige Meter vom
ursprünglichen Standort entfernt. Damit
sollen wohl viele Bürger nicht einverstanden
gewesen sein. Inzwischen haben sich die
Gemüter beruhigt und jeder hat sich an den
Anblick gewöhnt. Merkt es euch, dieses
Bild, das Ehrenmal umgeben von einem
Blütenmeer in der Mitte eines Verkehrs-
kreisels werdet ihr nirgendwo wiederfinden.
Das ist eben unser Bassum!"
Auf diesem Ausflug hatten die Lütten eine
schöne Lektion gelernt.
Alle Vier waren sehr wissbegierig und
konnten nicht genug von Vaters
interessanten Berichten hören.

Oft waren die Kleinen allein unterwegs auf
Entdeckungstour. Sie konnten es nicht

verstehen, weshalb sie im Herbst diese paradiesische Heimat verlassen sollten. Manchmal kamen sie mit Fragen zurück. So hatten sie großes Interesse an dem Bahnhofsgebäude. Wieder hatte Wolfgang viel dazu zu sagen.

Foto Christa Bohlmann

„Die Bahnhofsgebäude kann man in jeder Stadt meist schon von weitem als solche erkennen. Eigentlich sind oder waren es fast immer richtige Prachtbauten, meist aus Backsteinen errichtet. Im Zuge der Privatisierung der Bahnhofsgebäude wechselte auch der Bassumer Bahnhof Ende der Neunziger-Jahre den Besitzer.

Inzwischen ist die Stadt Bassum Eigentümer. So gibt es jetzt dort ein Büro der Wirtschafts- und Stadtentwicklungsgesellschaft der Stadt Bassum. Andere Räume werden von der Volkshochschule, der SPD und der AWO genutzt. Das Bistro der Bäckerei Meyerholz bietet nicht nur den Pendlern Snacks und Getränke an.

Vielleicht habt ihr die Baustelle gesehen. Im ehemaligen Fahrradschuppen wird gerade renoviert. Diese Räumlichkeiten werden vom Verein Release genutzt.

Ihr seht, ganz schön was los im Bahnhof. Da hat sich im Laufe der Jahre viel verändert. Die Reisenden können die Gleise von außen erreichen, sie können auch durch das helle Bahnhofsgebäude gehen. Fahrkarten gibt es nur aus dem Automaten. Das hat schon so manch Reisewilligen vor ein Problem gestellt. Viele Bassumer haben bedauert, dass es kein Reisebüro mehr im Bahnhof gibt."

„Unterm Dach habe ich einige Schwalben-nester gesehen. Das muss doch auch ein interessanter Wohnraum sein", meinte Lotte.

„Denk an den Trubel, liebe Lotte. Es ist ganz schon laut, wenn die Güterzüge vorbeirattern und die ICEs durchrauschen. Dann die vielen Menschen aus den Regionalzügen und den Nordwest-Bahnen, die beim Ein- und Aussteigen Unruhe mit sich bringen. Sucht euch besser etwas Ruhigeres auf dem Land."
„Ja, mag sein. Du wirst wie immer Recht haben, lieber Vater."

„Wollen wir gleich alle zusammen mal zum Naturbad fliegen? Das war wegen der umfangreichen Umbaumaßnahmen im letzten Jahr geschlossen. Mal sehen, ob sie fertig geworden sind."
Schon flog die kleine Familie los, der Weg zum Naturbad war nicht weit. Es war leicht zu erkennen, dass es sich hier noch um eine Baustelle handelte. Kaum daran zu denken, dass das Naturbad in dieser Saison öffnen würde.
Gerade inspizierten drei Männer das Schwimmbecken. Es schien, dass diese Drei mitverantwortlich für die Renovierung waren. Wolfgang schnappte etwas auf von Fördergeldern, die noch ausstanden und von

der Planung des neuen Gebäudes mit
Sanitärbereich. Die schlauen Herren
sprachen auch über die mögliche Lieferung
von Fernwärme aus der Anlage der AWG,
der Abfall-Wirtschafts-Gesellschaft. Die
versorgt seit Jahren bereits vorwiegend in
den Wintermonaten das Krankenhaus mit
Fernwärme. Die Beheizung des Naturbades
in den Sommermonaten wäre eine ideale
Ergänzung.

Gerade weil das Bad nicht beheizt werden
konnte, blieben häufig die Badegäste wegen
des zu kalten Wassers weg.

Grete hörte noch die Stimme eines Herren:
„In einem Jahr haben wir hier ein
Schmuckstück, eine Perle."

Und sie wusste nicht, wie sie ein Naturbad
mit einer Perle in Verbindung bringen sollte.
Da hatte sie sich sicher verhört.

Zusammen flogen sie zurück in ihre
heimatlichen Gefilde. In der großen Linde
fanden sie ihren Platz und Wolfgang erzählte
weiter von dem alten Bassumer Freibad, das
vor Jahren in ein naturnahes Freizeitbad
umgebaut worden war. Das war noch vor

seiner Zeit passiert, aber ältere Schwalben hatten damals davon berichtet.

Übermütig drehten die jungen Schwalben noch ein paar Runden, als das Unglück geschah. Vor den Augen der Eltern und der Geschwister schnappte ein Falke nach der kleinen Liese, die sich nicht aus seinen Krallen befreien konnte. Wie aus dem Nichts war er aufgetaucht. Die ganze Schwalbenfamilie begann lautstark zu zetern und zu schimpfen. Diese ungewöhnlichen Töne hatten auch Annette und Wilfried aufmerksam werden lassen. Schade, hätten sie die Situation eher mitbekommen, so hätten sie den Raubvogel in die Flucht geschlagen.

Besonders Grete war sehr traurig. Sie hatte bereits einige Kinder verloren, aber nie war ihr der Tod eines Kindes so präsent gewesen. Lotte, Max und Moritz waren ganz bestürzt und am Boden zerstört. Ihre kleine Schwester Liese war einfach nicht mehr da und es war so gut wie sicher, dass sie nicht mehr lebte.

Wolfgang nahm das Geschehen zum Anlass, den Kindern etwas über Leben und Tod zu berichten:

„So ist es eben, der Große frisst den Kleinen. Das hat die Natur so eingerichtet. Glaubt nur, so manche Heuschrecke wäre lieber noch lustig umhergesprungen, aber ihr habt sie verspeist. Ich kann euch immer nur raten: Passt auf euch auf, denn Gefahren lauern überall. Nehmt euch in Acht vor Raubvögeln wie Bussard, Habicht, Falke, Sperber oder Schleiereule. Wenn ihr solch ein Ungeheuer seht, dann schreit, so laut ihr könnt. Die Behlmers werden es bestimmt verscheuchen. Das heißt aber nicht, dass sie nicht zurückkommen."

Den Kleinen war der Tod noch so fremd, sie hatten ihr junges Leben voller Abenteuer im Kopf.

Im Gespräch kamen sie von einem zum anderen, als Wolfgang von dem großen Schwalbensterben im Jahr 2020 auf dem Rückflug aus Afrika erzählte. Viele Zug-vögel wählten den Weg über Griechenland. Ungewöhnlich starke wechselnde Winde in Verbindung mit extrem niedrigen

Temperaturen im April, dazu noch Regen, hatten das Vogelsterben ausgelöst. Tote Schwalben und die artverwandten Mauersegler fielen vor Erschöpfung vom Himmel. Greta und er waren in dem Jahr mit den Kindern zufällig eine Woche später gestartet, als sich die Wetterverhältnisse verbessert hatten. Das hatte ihnen vermutlich das Leben gerettet.

An diesem Abend waren alle in Gedanken bei der kleinen Liese.

Wolfgang fühlte sich veranlasst, seine Familie von der Trauer um Liese abzulenken. Er schlug vor, gemeinsam zum Tierpark Petermoor zu fliegen. Die vielen verschiedenartigen Tiere würden vermutlich genug Abwechslung bringen. Das war eine gute Idee.

Die Kleinen staunten über die vielen Vögel, die hinter Gittern leben mussten. Die sahen prächtig aus, so schön bunt. Aber die Geschwister waren sich einig und wollten nicht mit ihrem Schwarz-Weiß tauschen. Lieber wollten sie frei wie ein Vogel sein, der fliegen kann, wohin er mag. Seltsame

Töne waren von den Vögeln zu hören: Da war ein Piepen, Tirilieren, Zwitschern, Gurren, Gackern und Tschilpen. Das Tschilpen kam allerdings meist von den Spatzen, die neben den großen Volieren Futter fanden. An dem großen Pfau, der gerade ein Rad schlug, konnten sie sich nicht satt sehen.

Foto Andreas Bahrs

Der stand im Haustiergehege, in dem sich Ziegen, Hühner und Kaninchen tummelten.

Da das die Streichelzooabteilung war, standen ein paar kleine Kinder mit ihren Müttern hinter dem Zaun und hatten Freude daran, die lustigen Ziegen zu füttern oder zu streicheln. Hier müffelte es stark, denn es roch nach Ziegen und deren kugelrunden Hinterlassenschaften. Die Letzteren zogen wiederum etliche Insekten an, so dass die Schwalben nicht zu kurz kamen.

Am meisten Freude machten ihnen die Kattas mit ihren gestreiften langen Schwänzen. Die waren ständig in Bewegung und überraschten, als sie durch die Überführung auf der Badeinsel landeten. Axishirsche und Hirschziegenantilopen grasten friedlich zusammen in ihrem Gehege. Witzig fanden die Schwalben die grauschwarzen Kängurus. Bei einem schaute ein Junges aus Mutters Beutel. Die kleinen Streifenhörnchen flitzten durch ihren Käfig zur Freude von Max und Moritz.

Einige Zuschauer standen vor einer Scheibe. Diesen Bereich konnten die Schwalben schlecht einsehen, aber sie hörten, dass es dort Meerschweinchen und Felsensittiche geben sollte.

Lamas und Nandus lebten friedlich nebeneinander und teilten sich ihre Wiese mit Magellangänsen.

Gegenüber standen Kraniche auf ihren langen dünnen Beinen. Die sahen aus, als trügen sie eine Krone auf dem Kopf.

Unzählige Enten und Gänse schnatterten auf dem Wasser, darauf bedacht, einen Happen Brot zu schnappen. Oft waren sie paarweise unterwegs und man erkannte unschwer die unterschiedlichen Rassen. Die Schildkröten ließen sich selten blicken.

„Wie ist das doch alles schön und gepflegt hier", bemerkte Grete.

„Sieh mal da, die wunderschönen Blumen in den Pflanzkübeln. Und alle Wege sind geharkt, da liegt nichts rum, was nicht dahin gehört. Super!", fand Wolfgang.

Sie hörten die Gespräche der Besucher, die sich wunderten, dass der Tierpark eintrittsfrei ist. Einige steckten großzügig einen Schein in eine der aufgestellten Sammelbüchsen. Andere taten so, als wollten sie spenden und steckten lediglich einen Einkaufschip in den Schlitz der Dose. Alle waren sich einig, denn sie waren froh, dass der Tierpark nach einer

langen coronabedingten Pause wieder
geöffnet war.
Ein paar Kinder spielten auf den Kletter-
gerüsten. An diesem Morgen waren es nicht
allzu viele, denn die Kinder schwitzten noch
in der Schule. Mütter mit ihren Kleinkindern
waren anzutreffen, die sich eine Auszeit
gönnten. Sie schoben die Kleinen von
Attraktion zu Attraktion.
Lotte, Max und Moritz waren sich einig, dass
sie dieses wunderschöne Fleckchen Erde
noch häufig aufsuchen würden. Tatsächlich
war es gelungen, die Schwester Liese für
einige Zeit zu vergessen.

Als sie gemeinsam auf den Hof
zurückkehrten, spürte Grete als Erste, dass
etwas passiert sein musste und flog direkt in
den Pferdestall. Es war wieder einmal ein
Nest heruntergefallen – mit Inhalt. Vier
kleine noch fluguntaugliche Schwälbchen
waren heraus gefallen. Wie gut, dass Annette
das Unglück zufällig bemerkt hatte. Die
Eltern der Kleinen flogen unruhig durch den
Pferdestall, unfähig, selbst Hilfe zu leisten.
Annette nahm die Schwalbenkinder in ihre

Hände, um sie zu schützen und zu wärmen. Aufgeregt rief sie Wilfried, der eine Idee verwirklichte. Er holte eine Leiter und begutachtete ein nicht bewohntes Schwalbennest. Er ruckelte vorsichtig daran, zum Glück saß es fest. Behutsam setzten sie die Winzlinge in das neue Heim und beobachteten aus einiger Entfernung, wie es weiterging. Ein Altvogel hatte die Aktion beobachtet und Annette in ihrer Kopfhöhe umflogen. Es dauerte nicht lange, bis sich das Elternpaar zu den Kleinen ins Ersatznest gesellte. Auch diese kleine Familie hatte Annette lieb gewonnen – sie wurde weiter unterstützt, indem sie den Nachwuchs mit Heimchen fütterte.

Das hatte sie nicht zum ersten Mal gemacht. Bei Insektenmangel durch anhaltendes Schlechtwetter kaufte Annette im Zoomarkt Heimchen, um sie an ihre geliebten Schwalben zu verfüttern.

Die Behlmers hatten vor einiger Zeit den Pferdestall umgebaut. Jede Außenluke der Pferdeboxen und auch die beiden Türen wurden mit einem Gitter versehen. Dadurch war für Frischluft für die Pferde gesorgt.

Nicht nur die Schwalben, sondern auch ganze Spatzenhorden hatten jederzeit freien Einflug durch die Gitter.

Am nächsten Tag forderte Wolfgang seine jüngsten Kinder zu einem weiteren Ausflug auf. Grete kam natürlich mit. An diesem Tag wollte der Vater seinen Nachwuchs auf drohende Gefahren aufmerksam machen. Zunächst flogen sie in Richtung Albringhausen und landeten allesamt auf einem Baum, von dem aus sie freie Sicht auf die zwölf Windräder hatten. Wolfgang begann: „Das was hier gebaut wurde, ist zum Nutzen der Menschen, die aus Windkraft umweltfreundlichen Strom erzeugen. So etwas ist natürlich gut für den Klimaschutz, denn unser Klima hat sich bereits dramatisch verändert. Aber es gibt auch Gegner dieser Windkraftanlagen, die Umweltschützer, die auch an uns Vögel denken. So manch ein Vogel, der unbedacht auf einender großen rotierenden Flügel zu flog, hat dabei sein Leben verloren. Zeitweise standen im letzten Jahr die Windräder nach einer Klage des

Naturschutzbundes still, denn es galt, die Greifvögel zu schützen. Es soll eine Brutansiedlung eines Rotmilans gegeben haben. Auch zum Schutz der Wiesenweihe mussten die Anlagen schon außer Betrieb genommen werden.

So streiten sich die Klimaschützer mit den Naturschützern.

Die Kleinen hatten gut zugehört. Max zwitscherte aufgeregt:

„Die Greifvögel sind doch unsere Feinde, um die ist es doch nicht traurig. Denk an den Falken, der unsere Liese geholt hat!"

„Aber Max, wie heißt die Devise? 'Leben und leben lassen.' Auch die Greifvögel haben ihre Daseinsberechtigung auf dieser Welt.

Ich wollte euch nur warnen, damit ihr den rotierenden Flügeln nicht aus lauter Übermut zu nahe kommt. Passt gut auf euch auf, denn der Tod lauert überall.

Kommt, wir fliegen weiter."

Jetzt schlug Wolfgang den Weg in Richtung Harpstedt ein. Westlich der Landstraße war vor ein paar Jahren eine Windkraftanlage mit riesigen 13 Windrädern entstanden. Auch hier hatten Naturschutzbehörden versucht, den Bau zum Schutz von Greifvögeln, Schwarzstörchen und Fledermäusen zu verhindern. Die Entscheidung fiel zugunsten des Klimaschutzes aus.

Noch einmal warnten Wolfgang und Grete gemeinsam ihre Kids, den Windrädern nie zu nahe zu kommen.

„Oh, sieh nur Vater", rief Lotte ganz aufgeregt. „Das da eben muss aber ein ganz dicker Onkel von uns sein. Hast du ihn gesehen?"

Belustigt antwortete der allwissende Vater: „Sicher hast du eben die Elster gemeint. Die ist aber nicht mit uns verwandt, obwohl sie auch schwarz-weiß ist. Es ist zwar auch ein Vogel, aber er gehört zu einer ganz anderen Rasse. Die Elster ist im Gegensatz zu uns Zugvögeln ein Standvogel, der auch im Winter in seiner Heimat bleibt. Er ernährt sich von Regenwürmern, kleinen Wirbeltieren, Vogeleiern, Beeren und Früchten. Es kommt vor, dass die Elster anderen Vögeln die Nahrung abjagt. Sie hat auch einen langen Schwanz, der aber nicht wie ein

Schwalbenschwanz gegabelt ist. Seit jeher sprach man von der diebischen Elster, die alles mit ins Nest nimmt, was blinkt und glitzert. Ich weiß nicht, ob das nicht doch ein Märchen ist. Übrigens bauen die Elstern ihr Nest in einem Baum – es wird sogar mit einem Dach aus Zweigen und manchmal auch Drahtenden versehen.

Da, sieh nur, da fliegen gleich Zwei. Achte auf den Schwanz. Du siehst auch, dass sie größer als wir Schwalben sind. Max flieg mal los, damit Lotte den Vergleich hat."

So hatten die Kleinen dank ihres Vaters wieder etwas dazugelernt.

Zwischendurch suchten sie immer wieder ihr Domizil in Behlmers Diele auf und vergnügten sich auf den dort abgestellten Körben. Die Jungvögel hörten gern die interessanten Berichte und Erzählungen ihres Vaters.

„In den letzten beiden Jahren war ja leider wegen der Pandemie alles anders. Öffentliche Veranstaltungen wurden abgesagt. Die Menschen schienen nicht so fröhlich zu sein, wie in den vorherigen

Jahren. Ich denke da noch gern an die Piazzetta zurück, ein internationales Straßentheaterfestival, das seit Jahren meistens Ende Mai stattfand. Seit zwei Jahren musste die wunderbare Veranstaltung ausfallen.

Foto Alfred Rozenvalds

Da war immer was los! Am Samstag – und Sonntagnachmittag lockten mehrere Shows zahlreiche Besucher von nah und fern an. Internationale Artisten zeigten ihr Können an verschiedenen Plätzen und Straßen und unser schönes Bassum wurde in Nullkommanix in eine riesige Open-Air-Bühne verwandelt. Die Artisten verzauberten die Zuschauer in der Luft und auf dem Boden mit Akrobatik,

Komik, Artistik, Jonglage, Clownerie und vielem mehr. Einige Künstler reisten sogar aus dem Ausland an.

Als Krönung wurde abends an der Freudenburg ein Varietéprogramm geboten: ‚Stelle di Notte'. Da war die Begeisterung der Zuschauer riesig.

Verschiedene Food-Trucks sorgten für das leibliche Wohl.

Es wäre so zu wünschen, dass diese tolle Veranstaltung in diesem Jahr stattfinden kann."

Schon häufig hatte Wolfgang bedauert, nicht lesen zu können, denn sonst hätte er auf vielen Plakaten von der am Wochenende stattfindenden Piazetta wissen können. Die Vorführungen begeisterten wieder die Zuschauer, egal ob alt oder jung. Und Max, Moritz und Lotte konnten das erleben, was ihr Vater vorher so treffend geschildert hatte.

Wolfgang hatte schon überlegt, welches Ziel sie am nächsten Tag gemeinsam aufsuchen könnten. Nach Rücksprache mit seiner Grete hatte er sich für den Bassumer Reisegarten entschieden. Sie war begeistert von seinem Vorschlag.

Gleich morgens ging es los – die Fünf steuerten den Reisegarten an. Wolfgang begann mit seinen Erklärungen: „Im August 2019 wurde dieser wunderschöne Reise-garten eröffnet."

Moritz unterbrach seinen Vater: „Das kann doch nicht sein, der Baumbestand ist doch viel, viel älter."

„Das ist richtig. Diese Fläche, der Stiftspark, hier hinter dem Naturbad war ganz schön verwildert. Lange hat es gedauert, bis es ein Park für alle Bürger wurde. Befestigte Wege führen zu Sitz- und Liegeelementen, zur Schutzhütte und zum Bouleplatz. An der Schutzhütte findet man die Luftpumpstation für die Radfahrer und große Infotafeln mit regionalen Radtouren. Interessant ist der Naschgarten, in dem alle möglichen Kräuter, aber auch Beeren wachsen. Jede der Pflanzen ist mit Namen versehen. Oft kann man Menschen beobachten, die sich ein Blättchen abzupfen, um daran zu riechen oder es zu vernaschen.

Abfallbehälter stehen neben jeder Bank.
Darin werden häufig die schwarzen
Plastiktüten entsorgt, in denen Hunde-
herrchen die Hinterlassenschaften ihres
Wauwaus aufgesammelt haben. Das müffelt
manchmal ganz schön. Vorgesehen für diese
Beutel ist eigentlich die Sammelbox, an der
man auch neue Beutel bekommen kann."
„Ja, die habe ich gesehen, die steht doch am
Fuße des kleinen Berges." Lotte hatte sich zu
Wort gemeldet.
„ Der Berg, oder besser der Hügel, heißt
Jakobsberg und wird nach seinem Erbauer
Jakob Sprenger benannt. Der arbeitete früher
auf dem Bauhof und half, Erde aufzufahren,
um den Kindern im Winter das Rodeln zu
ermöglichen."
Etliche Besucher waren im Reisegarten
anzutreffen. Einige gingen allein, zwei
Frauen, im Gespräch vertieft, setzten sich auf
eine der Bänke. Spaziergänger mit einem
oder auch mehreren Hunden und auch
Kinder waren unterwegs. Die Kids meist auf
ihren Fahrrädern und es machte ihnen Spaß
tiefe lange Bremsspuren zu hinterlassen.
Senioren und Seniorinnen mit Rollator

genossen den Spaziergang an der frischen Luft.

Foto Christa Bohlmann

„Ihr seht, der Reisegarten ist ein Ort der Ruhe, der Entspannung und auch der Begegnung. Und es gibt interessante Nachbarn: Die Stiftskirche, das Stift, die Wassermühle, das Naturbad. Und die Freudenburg ist ja auch nicht weit."
Grete bemerkte: „ Mich beeindrucken die gepflegten Wege, da gibt es auch nach lang

89

anhaltendem Regen keine Pfützen. Und gleich daneben echte Wildnis: Wenn ein Baum fällt, dann bleibt er liegen. Tote Bäume bieten den Insekten Schutz und Nahrung. Zwischendurch Farbkleckse von blühenden Blumen.

Für die Insekten wurden schon zweimal Blühfelder angelegt. Ich denke noch an die wunderschönen Sonnenblumen, die viele Kleinviecher anlockten. Da konnten wir uns gut satt essen."

Und Wolfgang wieder:

„Kinder, habt ihr die verschiedenen Teiche gesehen? Zum Teil sind sie grün durch die auf langsam fließenden Gewässern wachsende Entengrütze. Andere Teiche führen klares Wasser. Und seht ihr den da unten? Den nennen wir Froschteich. Die Verantwortlichen haben die Ufer gesäubert, er sieht viel größer aus als im letzten Jahr. Da ist manchmal ein nicht enden wollendes Froschkonzert zu hören. Es ist, als hörte man ihre Unterhaltung. Einer fragt, der andere quakt zurück."

Foto Christa Bohlmann

Grete übernahm wieder und flog in Richtung
Kaffeeeiche.
„Das ist die uralte Stiftsgerichtseiche, unter
der sich vor zig Jahren bei schönem Wetter
die Stiftsdamen zum Kaffeekränzchen
verabredeten. Diese gewaltige Eiche hat
einen Stammumfang von fünf Metern. Es ist
nicht sicher, wie alt sie wirklich ist. Einige
Menschen sprechen von mehr als 1000
Jahren, anderen von ungefähr 600 Jahren.
Das genaue Alter wird man erst anhand der
Jahresringe feststellen können, nachdem
dieser knorrige Baum gefällt werden
musste.“

Auf dem Rückweg machten sie noch einen kleinen Schlenker nach Wiebusch. Ziel waren die beiden dortigen Reithallen des Reit- und Fahrvereins Diek-Bassum e.V. Hier waren auch häufig Annette und Wilfried mit ihren Pferden anzutreffen.

Es machte der Schwalbenfamilie keine Mühe, in die sonnendurchfluteten Hallen zu fliegen, in der geschäftiges Treiben herrschte. Auf der Vereinsanlage wurde die reiterliche Ausbildung für alle Altersgruppen angeboten für die Sparten Voltigieren, Dressur, Springen und Reiten. Unterm Dach machte Wolfgang einige Schwalbennester aus. Den Betreibern waren die Schwalben willkommen, weil sie Fliegen, Bremsen und andere Insekten von den Pferden fernhielten. Eine Win-Win-Situation eben.

Sie flogen wieder nach draußen. An der Hauswand klebten auch einige Schwalbennester.

„Seht mal da oben. Was könnt ihr da erkennen?", fragte Wolfgang seine Letztgeborenen.

„Ist das nicht ein Margarinetopf? Rama?"

„Ja, Lotte, das stimmt. Es ist ein Margarinetopf. Aber dazu gibt es eine Geschichte. Es
war vor fünf Jahren, als hier mal wieder ein
Unglück passierte. Ein nicht ordentlich
gebautes Nest mit fünf Schwälbchen war von
oben herabgefallen. Die Kleinen waren noch
nicht flugtauglich und schrien nach ihren
Eltern. Die waren machtlos und flogen
aufgeregt umher. Annette und Wilfried
waren durch das ungewöhnliche Geschrei
der Schwalbeneltern aufmerksam geworden.
Ihr kennt ja die gute Seele Annette.
Schützend nahm sie die Kleinen in ihre
Hände, um sie zu wärmen. Was konnten sie
tun? Wilfried durchsuchte die Mülltonnen
und fand im Abfall den Margarinetopf, den
ihr da oben seht. Schnell wurde der Plastik-
topf gereinigt und mit Heu ausgepolstert.
Wilfried besorgte schnell eine Leiter. Mit
einem Stück Heuballenband befestigte er den
Topf an einem Balken, ganz in der Nähe des
alten Nestes. Behutsam setzten sie die
Vögelchen ins neue Nest. Schon nach kurzer
Zeit fütterten die Eltern die Kleinen. Ohne
die beiden Behlmers wäre die Geschichte
nicht gut ausgegangen."

Das Ersatznest wurde in den kommenden Jahren immer wieder bewohnt, sicherlich hatte es von Jahr zu Jahr eine bessere Inneneinrichtung bekommen.

Max und Moritz hatten sich mit anderen Jungschwalben aus dem Pferdestall beschäftigt. Draußen hatten sie so manchen Kunstflug gewagt und Mutproben bestanden. Zwischendurch nahmen sie nebeneinander auf einer Stromleitung Platz. Überirdische Kabel sind nur noch selten vorhanden, aber in ländlichen Bereichen sind sie zur Freude der Schwalben noch zu finden. Die sitzen oft dicht an dicht auf eben diesen Freileitungen und schwatzen und trällern vor sich hin. Irgendwie sahen Max und Moritz nach ihrer Rückkehr aus, als hätten sie Fragezeichen in den kleinen Augen.
„Vater, sag mal, was ist denn Schnee? Die anderen haben sich über Schnee unterhalten und wir wussten nicht, was das ist."
„Lotte, komm bitte mal. Deine Brüder möchten wissen, was Schnee ist. Dann kann ich es euch zusammen erklären."

Einträchtig saß die Familie an ihrem Lieblingsplatz auf den Körben, denn auch Grete hatte sich dazu gesellt.

„Also, meine Lieben, Schnee gibt es hier eigentlich nur im Winter. Dieser Schnee, das ist im Grunde eine Art von gefrorenem Wasser. Er entsteht hoch oben in den Wolken, wenn es sehr kalt ist, mindestens 12 Grad minus. In der Wolke muss es winzige Wassertöpfchen und Staubteilchen geben. In der Wolke werden die Kristalle immer größer und fallen schließlich als weiße Schneeflocken zu Boden. Ist der kalt genug, bleibt der Schnee liegen. Ist die Temperatur über 0 Grad, schmilzt der Schnee sofort. Auch Mutter und ich haben einmal gesehen, dass das ganze Land weiß war. Die Menschen waren ganz aufgeregt, denn Schnee im April ist sehr ungewöhnlich. Ich weiß noch, dass Wilfried zu Annette sagte: ‚Ja, der April, der macht, was er will.' Von November bis März, in der Zeit, wenn wir in Afrika überwintern, kann es hier schneien. Damals war der Schnee nach ein paar Stunden schon nicht mehr zu sehen.

Da hat Annette uns auch mit Heimchen versorgt, denn die meisten Insekten hatten sich bei der Kälte noch verkrochen."

Die Kleinen hatten gut zugehört und äußerten ihre Einwände:

„Dann kommt mal mit. Wir zeigen euch weißes Land – das muss Schnee sein."

Wolfgang wusste, dass die Kleinen sich irrten, dennoch war er neugierig auf das, was ihm die Kinder zeigen wollten. Der Flug ging in Richtung Bramstedt, Röllinghausen. In der Tat konnten sie schon von weitem weiße Flächen erkennen.

„Jetzt weiß ich, was ihr meint. Das da unten sind die Felder vom Spargelhof Wichmann. Der Chef schützt seine Spargelpflanzen mit einer Folie vor Regen und Kälte. Und daneben sind Gewächshäuser für Erdbeeren, die im Stehen gepflückt werden können. Also, Spargel, das ist ein edles Gemüse, das unter der Erde wächst. Und Erdbeeren sind süße Früchte, die über der Erde wachsen. Die Menschen lieben beides. Glaubt mir aber, mit Schnee hat das hier nichts zu tun. Fliegen wir doch gleich noch einmal weiter nach Döhren, da könnt ihr das Gleiche sehen.

Weiße Folien, die die Pflanzen vom
Erdbeerhof Nüstedt vor ungünstigem Wetter
schützen."
Die Kinder waren dankbar, dass sie einen so
klugen Vater hatten.

Grete und Wolfgang tummelten sich auf
Behlmers Körben, ihrem Lieblingsplatz.
Schweigend sahen sie sich an und Grete
dachte:

Foto Alfred Rozenvalds

„Was habe ich doch für einen tollen Mann.
Er ist der Klügste von allen Schwalben und

auch der Schönste. Immer noch schlägt mein Herz höher, wenn ich ihn sehe. Wenn das Licht auf sein metallisch glänzendes blau-schwarzes Gefieder fällt, bin ich verrückt nach ihm. Seine Unterseite ist weiß wie Rahm. Ständig putzt er sein Gefieder, damit es rein bleibt. Die kastanienbraune Farbe an der Kehle ist tiefschwarz umrandet, wie auch an seiner Stirn und seinem Kinn.

Ja, auch andere Schwalben sehen so aus, aber mein Wolfgang ist und bleibt der schönste Schwälberich. Ich wollte nie einen anderen haben. Schon klar, weshalb wir auch immer wunderschöne Kinder auf die Welt gebracht haben."

Beim Anblick seiner Grete dachte Wolfgang an eine weitere Brut. Er begann mit Grete zu schnäbeln, erst umgarnte er sie, um sie danach zu begatten. Und Grete ließ es gern geschehen.

Als nächstes hatte Wolfgang einen Ausflug in den Dicken Braken geplant. Am Vor-mittag flog er mit seiner Familie im Gefolge in westliche Richtung in das zwischen Helldiek und Wichenhausen gelegene

Mischwaldgebiet Dicker Braken. Sie trafen
auf zahlreiche Jogger und Spaziergänger, die
auf den leicht hügeligen Wald- und
Wanderwegen unterwegs waren. Wolfgang
zeigte den Kleinen die Schützenhalle des
Freudenburger Schützenvereins, der am
Rande des Dicken Brakens ansässig ist.
„Traditionsgemäß wird dort am letzten
August-Wochenende Schützenfest gefeiert.
Glaubt mir, dann ist hier vielleicht was los.

Foto Christa Bohlmann

Die Schützen marschieren in ihrer Uniform
mit Musikbegleitung durch Bassums
Straßen, machen Stopp an verschiedenen
Treffpunkten, um sich zu erfrischen. Da

fließt so manch ein Bier. Wieder mit dem Schützenkönigspaar in der geschmückten Pferdekutsche eingetroffen, beginnt für den einen das Schieß-, für den anderen das Tanzvergnügen. In den letzten beiden Jahren durfte dieses Fest wegen der Pandemie nicht stattfinden, so wie auch die vielen anderen Schützen- und Erntefeste bundesweit."

Weiter ging ihr Flug zur Freien PrinzHöfte Schule, dicht am Rande des Dicken Braken gelegen. Weil gerade Pause war, gab es ein buntes lustiges Treiben der Schüler und Schülerinnen. Wolfgang erklärte seinen Kindern, dass die Schule in dem ehemaligen Luftschutzwarnamt ihren Platz fand. Noch Anfang der 90er Jahre wurde die Einrichtung mit der Warnung und Alarmierung der Bevölkerung vor Gefahren im Frieden und Verteidigungsfall betraut. Der dazu gehörige Richtfunkturm wurde vor einigen Jahren abgebaut.
„Seht nur dort: In dem bunten Bauwagen befindet sich der Städtische Waldkinder-garten. Die kleinen Kinder werden

vorwiegend an der frischen Luft beschäftigt. Und die ist ja wirklich frisch hier."

„Was ist das denn?" Max reagierte erschrocken auf ein lautes poch-poch-poch, das er so noch nie gehört hatte. Wolfgang wusste schon, was das mit der Pocherei auf sich hatte. Sie setzten sich auf einen Buchenzweig und hatten freie Sicht auf einen Buntspecht, der unermüdlich auf einen Baumstamm einhackte. Die Kleinen waren verzaubert von dem schwarz-weiß-roten Gefieder des Vogels, der offensichtlich wesentlich größer als sie selbst war.

„Das ist ein Buntspecht, meine Lieben. Der bleibt im Winter hier, ist also ein Standvogel. Sein Schnabel erlaubt es ihm, dass er außer Insekten auch Nüsse und Samen aufnehmen kann.

Wollt ihr noch mehr über die anderen Vogel-rassen wissen?"

Die Kinder waren begeistert. Spontan begann Wolfgang, das Lied von der Vogelhochzeit zu singen. Grete stimmte mit ein, abwechselnd sangen sie eine Strophe nach der anderen und spätestens nach der dritten sangen die Kids den Refrain mit:

Fiderallala, fiderallala, fiderallalala. Sie sangen von der Drossel und Amsel, die ja das Brautpaar waren. Weiter sangen sie vom Sperber, vom Star, den Gänsen und den Anten. Verse vom Spatz, vom Uhu und vom Kuckuck folgten. Fröhlich sangen sie weiter vom Sperling, von der Taube, dem Wiedehopf, der Lerche, der Eule und dem Auerhahn. Die Kinder warteten schon gespannt, welcher Vers wohl den Schwalben gewidmet wurde. Nichts dergleichen geschah.

Einträchtig sangen Wolfgang und Grete von der Meise, der Schnepfe, dem Puter und dem Pfau, danach von den Finken, den Drosseln, und dem Specht. Verse vom Hahn und dem Käuzchen beendeten das schöne Lied der Vogelhochzeit.

„Aber wir Schwalben, wo waren wir Schwalben bei dieser Hochzeit, Vater?" Wolfgang wusste auch nicht, weshalb den Schwalben keine Strophe gewidmet war.

„Wir Schwalben waren sicher noch nicht aus unserem Winterquartier zurück." Eine bessere Antwort war ihm so schnell nicht eingefallen.

Als Krönung sangen Wolfgang und Grete das wunderschöne Spatzenlied, welches vor Jahren die Israelin Aviva Semadar bekannt gemacht hatte.

Darin ging es um einen Spatzen, der sich in eine Schwälbin verliebt hatte. Er wünschte sich so sehr Kinder mit weißen Westchen. Sein Wunsch wurde nicht erfüllt, denn aus der Ehe wurde leider nichts, der Spatz musste sich mit einer Spatzenfrau begnügen.

Die Kleinen waren begeistert von diesem Vortrag und sie fühlten sich so, als seien Schwalben wie sie etwas Besseres.

Immerhin trugen früher die hohen Herrschaften einen Frack mit einem Schwalbenschwanz. Keine Frage, welcher Vogel dafür Modell stand.

Anschließend erzählte Wolfgang den Kindern vieles über die so unterschiedlichen Eigenschaften der anderen Vögel. Was der Vater doch alles wusste. Die Kleinen erfuhren, dass die Bachstelze Wippsteert genannt wird, weil sie durch ihren wippenden Schwanz auffällt. Interessant fanden sie, dass der Kuckuck tatsächlich seine Eier in fremde Nester legt. Die Leihmutter brütet das Ei aus, und das Kuckuckskind gedeiht prächtig, dass es bald so stark ist, um die kleinen Halbgeschwister aus dem Nest zu werfen. Sie hörten von den Tauben, die bei den Menschen ein Image-Problem haben, weil sie als dreckig gelten und sie durch ihr ständiges Gegurre nerven. Tauben können bis zu zwei Kilogramm schwer werden, sie sind häufig zu Fuß unterwegs und können bis zu 35 Jahre alt werden. Die Nester der Tauben werden aus dünnen unbelaubten Zweigen gebaut. Oft ist das Nest so durchscheinend gebaut, dass man die Eier von unten erkennen kann. Das Symbol einer Taube gilt als Friedenszeichen. Gerade erzählte Wolfgang von den Rot-kehlchen mit ihrer leuchtenden orange- roten Brust im sonst braunen Federkleid und ihrem melodischen Gesang, als Marie unerwartet auftauchte. Es war unverkennbar, dass sie eine Schreckensmeldung zu verkünden hatte. Sie jammerte:

„Ich habe während des Fluges ein Ei verloren. Es ist kaputt!"

Beruhigend redete Grete auf ihre Tochter ein, die noch keine Muttererfahrungen hatte. „Marie, das ist schade, das kann aber passieren. Beruhige dich, du wirst noch so viele Eier in deinem Leben legen und ich bin sicher, dass du eine gute Mutter sein wirst. Schau nach vorn, das verlorene Ei ist nicht zu retten."
Die Schwalbenfamilie saß noch eine Weile zusammen, die einen zwitscherten, die anderen putzten sich.

Plötzlich wurden sie durch lautes Sirenengeheul aus der Ruhe gebracht. Gleich wollten die Kleinen wissen, was das zu bedeuten hatte und Wolfgang gab sein Wissen weiter.
„Die Sirenen alarmieren die Freiwillige Feuerwehr, die zu einem Einsatz gerufen wurde. Meistens ist ein Feuer ausgebrochen, manchmal handelt es sich zum Glück nur um einen Fehlalarm. Bei einem Fehlalarm bestand zwar Brandgefahr, aber der Einsatz der Feuerwehr war nicht mehr nötig. Vielleicht konnte ein kleines Feuer schon direkt gelöscht werden. Möglicherweise hat

ein Rauchmelder ein Signal abgegeben, obwohl dazu kein wirklicher Grund bestand. Ein Fehlalarm geht oft auf Brandmeldeanlagen in Betrieben und Einrichtungen zurück.

Die Feuerwehrleute werden auch nach einem schweren Autounfall mit Verletzten gerufen. Es kommt vor, dass ein Verletzter im Fahrzeug eingeklemmt ist und mit Spezialwerkzeug aus dem Wrack geborgen werden muss.

Da hört nur: Jetzt sausen die Feuerwehrautos mit Blaulicht und Martinshorn schon los. Es hat keine fünf Minuten gedauert, bis die ersten Einsatzkräfte bereit waren. Die Kameraden wissen nie genau, was da auf sie zukommen mag, denn das sehen sie ja erst vor Ort."

Schon rasten die roten Fahrzeuge vorbei, ein Löschfahrzeug, zwei Mannschaftswagen und sogar der Leiterwagen. Sie befuhren die B51 in Richtung Twistringen. Interessiert flogen die Schwalben mit, um das Geschehen aus der Luft zu betrachten. Auch an diesem Tag handelte es sich um einen Fehlalarm bei der Abfallwirtschaftsgesellschaft und die

Feuerwehrleute konnten wieder mit Mann und Maus abrücken. Ärgerlich, aber besser so, als hätten sie einen Großbrand löschen müssen.

Wolfgang war mit seinem Bericht über die Feuerwehr noch nicht fertig.

„Nach starken Stürmen räumen die Kameraden die Straßen, wenn ein abge-knickter Baum die Durchfahrt versperrt. Sie pumpen nach Starkregengüssen bei Bedarf die Keller leer. Die Kameraden helfen also in vielen Notlagen. Sie wurden auch schon gerufen, wenn sich eine Mieze zu hoch in einem Baum verkrochen hatte und zu feige war, allein herunterzukommen.

Retter in aller Not also. Wisst ihr, wo das Feuerwehrhaus ist?"

Die Kleinen hatten noch nie darauf geachtet und Wolfgang klärte auf:

„Wir fliegen gleich mal hin. Das Feuerwehr-haus steht an der Industriestraße, gleich vornan. In sieben Garagen sind die Fahrzeuge untergebracht. Seht nur, die Tore sind noch geöffnet."

Wolfgang erklärte seinen Kindern noch den Unterschied zwischen der Freiwilligen

Feuerwehr, die es in den kleineren Städten und Gemeinden gibt und der Berufsfeuerwehr, die für Notfälle in den Großstädten zuständig ist.

Max, Moritz und Lotte hatten wieder etwas hinzugelernt.

Es war Zufall, dass Wolfgang ein Gespräch von Annette und Wilfried aufschnappte. Sie diskutierten über den Inhalt eines Zeitungsberichtes, in dem veröffentlicht wurde, dass im Bassumer Stadtgebiet in Zukunft die Sirenen verstummen. Die Feuerwehrkameraden sollen ausschließlich auf digitaler Ebene alarmiert werden. So ein Zufall, hatte Wolfgang gerade noch gestern seinem Nachwuchs die Bedeutung der Sirenen erklärt.

Wolfgang hatte sich vorgenommen, den Kindern etwas über die Bassumer Schulen zu berichten. Am nächsten Morgen flogen sie zusammen in Richtung Mittelstraße, wo die Grundschule zu finden ist. Der Vater erzählte, dass hier die kleinsten Kinder unterrichtet werden. Gerade war Pause und es herrschte ein buntes Treiben auf dem

Pausenhof. Nachdem eine Glocke geläutet hatte, strebten die Kinder wieder ins Gebäude und es war umgehend Ruhe auf dem Außengelände. Nach vier Schuljahren entschieden Eltern und Lehrer, welche Schule die Kinder in Zukunft besuchen würden. Sie wechselten ins Schulzentrum „Am Petermoor", hier konnten sie je nach Begabung die Hauptschule, Realschule oder die Oberschule mit gymnasialem Zweig besuchen.

Zum Schulschluss stehen etliche Busse bereit, um die Schüler in die umliegenden Ortschaften zu bringen.

Andere Kinder besuchten die Freie LUKAS-Schule in der Industriestraße. Die PrinzHöfte-Schule hatten die Schwalbenkinder schon beim Ausflug in den Dicken Braken kennen gelernt.

Die Freie Christliche Schule im Landkreis Diepholz ist am Schützenplatz zu finden.

Wolfgang fuhr fort:

„Es gibt noch eine weiterte: Die Grundschule Petermoor an der Manfred-Krause-Straße. Und liebe Kinder stellt euch vor, in Bramstedt, Norwohlde und Neubruchhausen gibt es für die kleinsten Schüler ebenfalls eine Grundschule."

Über dieses Thema hatte Wolfgang lange nachgedacht, denn er war bemüht, nichts zu vergessen.

Die Schwälbchen waren so froh, dass der Vater sie unter freiem Himmel unterrichtete und sie sich nicht stundenlang in einem geschlossenen Raum konzentrieren mussten. Es war so wunderschön, Schwalbe zu sein. Darüber waren sich die Kleinen einig.

Am nächsten Vormittag drehten Wolfgang und Grete ein paar Runden über ihre geliebte Heimatstadt Bassum. Als sie zu Behlmers Anwesen zurückkehrten, wurden sie bereits von ihren Kindern erwartet. Fast alle aus den letzten Bruten waren erschienen, zum Teil mit Anhang. Aufgeregt zwitschernd saßen sie auf den Körben in der Diele.

„Ja, wisst ihr es denn noch gar nicht?", fragte Tim seine Eltern, die nicht den Grund für die Erregung kannten.

Sie zwitscherten alle durcheinander, Bis Moritz das Wort übernahm: „Das pfeifen doch schon die Spatzen von den Dächern."

Wolfgang wunderte sich, dass ihm offensichtlich eine Neuigkeit entgangen war und
wollte nun endlich den Grund für die Hoch-
spannung wissen.

Moritz klärte auf:

„Auf der Internetseite familienausflug.info
konnten die Menschen über die beliebtesten
Ausflugsziele in Deutschland, Österreich und
der Schweiz abstimmen. In Niedersachsen
hatte Bassum gewonnen, unser Bassum!
Auf Platz eins der Rangliste steht der Utkiek
und damit nicht alles: Platz drei belegt der
Tierpark Petermoor. Ist das nicht toll? Steht
wohl alles in der heutigen Zeitung.“

Wolfgang strahlte und steckte damit auch
seine Grete an.

„Da wird der Bürgermeister aber stolz sein.
Die beiden Anlagen bieten wirklich
attraktive Freizeitmöglichkeiten für
Familien, nicht nur aus Bassum. Und stellt
euch vor, für diese begehrten Anlaufpunkte
müssen die Besucher nicht einmal Eintritts-
geld zahlen. Ja, unser Bassum, unsere
Heimat ist der allerbeste Wohnort, den man
sich nur denken kann.“

Max fragte seinen Vater:

„Papa, du weißt doch so viel. Wenn wir über Land fliegen sieht man häufig riesige kreisrunde dunkelgrüne Gebilde. Die sind meistens in der Nähe eines Bauernhofes und machen mir manchmal richtig Angst. Was sind das für Ungetüme, die eigentlich gar nicht in die Landschaft passen?"

„Hört zu, meine Lieben, es wird euch alle interessieren:

Sicher meinst du Biogasanlagen. Die sind eine gute Ergänzung zur Stromgewinnung aus Windkraft und Solaranlagen. Solche Anlagen dienen der Erzeugung von Biogas durch Vergärung von Biomasse. Dafür wird oft Mais als Energielieferant oder auch Gülle oder Festmist eingesetzt. Bei den meisten Biogasanlagen wird das durch Gärung entstandene Gas vor Ort in einem Blockheizkraftwerk zur Strom- und Wärmeerzeugung genutzt. Andere Anlagen bereiten das gewonnene Gas auf und speisen es ins Erdgasnetz ein. Krankenhäuser, Schulen und Schwimmbäder werden immer häufiger mit Biogas beheizt.

Eine gute Sache also, wenn auch nicht ganz ungefährlich. Aber darüber weiß ich nicht genug.

Im Spätsommer könnt ihr große Maisfelder sehen. Auf einigen Feldern wachsen kurze Maispflanzen. Die Maiskolben mit den gelben Körnern werden als Futtermais für Mensch und Tier geerntet. Auf anderen Feldern wachsen riesige Exemplare, die nicht selten zwei Meter hoch sind. Das sind die extra für die Biogasanlagen gezüchteten Sorten, die viel Masse bilden. Im Herbst werden spezielle Erntemaschinen eingesetzt, die den Mais mit Haut und Haaren, ich meine mit Stiel, Blättern und Kolben zerschreddern, um die Biogasanlagen damit zu füttern."

Die Kleinen waren wieder einmal stolz, dass sie einen so klugen Vater hatten.

Die Geschwister waren allein auf Entdeckungsreise geflogen. Im Birnbaum vor der Stiftskirche machten sie Stopp und diskutierten eine Weile. Die Drei wunderten sich, dass es hier weder Mehl- noch Rauchschwalben oder Mauersegler zu sehen gab. Das Gemäuer der alten Stiftskirche sollte doch genug kleine Nischen bieten, in denen ein Schwalbenpaar brüten könnte. Oder gar im Kirchturm! Das alte Gebälk wäre ideal, um dort ein Nest zu bauen. Auch im alten Fachwerk des Stiftsgebäudes in unmittelbarer Nähe war keine einzige Spur von Schwalben auszumachen. Die Geschwister rätselten und Tim vermutete: „Das ist zu stadtnah. Vor allem gibt es kein Viehzeug und somit keine Insekten für unsereins."

Lotte meinte:

„Es könnte viel zu laut für unsere Öhrchen sein, wenn die Glocken läuten."

Auch das leuchtete den Geschwistern ein.

Tom fand noch eine andere Erklärung:

„Es ist doch ein Gotteshaus und das kann man doch nicht vollschittern!"

Gelegentlich wollten sie den Vater fragen.

Moritz hatte auch noch eine Frage an seinen Vater:

„ Da gibt es so etwas Langes und Rundes, so wie eine Straße. Was ist das, Vater? Das ist im Industriegebiet, dicht an der Bahnlinie."

Lotte und Max belächelten die Frage ihres Bruders.

Wolfgang erklärte:

„Ich glaube, ich weiß, was du meinst. Sicher hast du die DWA-Racing Kartbahn gesehen. Du hast die schon richtig beschrieben. Das ist eine kurvenreiche Rennstrecke. Zur Corona-Zeit lief der Betrieb eher auf Sparflamme oder gar nicht. Aber jetzt können wieder heiße Rennen mit den Karts gefahren werden, die der Betreiber zur Verfügung stellt. Andere Rennfahrer bringen ihr eigenes Fahrzeug mit. Fast an jedem Wochenende kann man die Motorengeräusche schon von weitem hören.

Und dann geht's um die Wurst, denn jeder will der Schnellste sein. Lasst uns mal eben dort hinfliegen."

Dort angekommen staunten die Kleinen über die am Rand der Rennstrecke aufgestellten Begrenzungen, bestehend aus alten Autoreifen.

Wolfgang wusste noch mehr:

„Manchmal finden hier unterschiedliche Fahrsicherheitstraining-Kurse für Auto- oder Motorradfahrer statt. Firmen spendieren ihren Berufsfahrern einen solchen Kurs oder Senioren testen ihre Fahrtauglichkeit. Eine gute Sache also.

Aber noch etwas ganz Anderes findet auf diesem Gelände statt und damit meine ich die AktiBa. Die gibt es alle drei Jahre im April. Aber coronabedingt musste auch die in den letzten beiden Jahren ausfallen. Im Jahr 2018 waren wir besonders früh aus Afrika zurück und konnten der ganzen Trubel sehen."

„Was ist AktiBa?", fragten die Kleinen.

„ Das ist eine Regionalmesse für Bassum. Über 100 regionale Aussteller aus den unterschiedlichsten Bereichen präsentieren sich, ihre Produkte, Dienstleistungen und die neuesten Trends aus Handel, Handwerk und Gewerbe.

Es gab so viele Angebote: Autos, Bekleidung, Möbel, Zweiräder und Reise- angebote. Attraktiv ist immer das Rahmen- programm: Es gibt Modenschauen und interessante Vorführungen und man kann an jedem Stand mit Glück etwas gewinnen. Gutes zu Essen gibt es auch in einem der Zelte. Abends vergnügte sich Jung und Alt auf der Tanzfläche. Wie gesagt, Anfang April – wenn ihr früh da seid, könnt ihr die AktiBa auf dem Gelände der Kartbahn bestaunen."

Am 28. Juli war es soweit: Grete legte das erste Ei der zweiten Brut ins Nest. Wolfgang war überglücklich und gespannt, wie viele es werden würden. Sechs Eier hatte Grete in einem Sommer ausgebrütet. Wolfgang erinnerte sich an die Herausforderung, die sechs kleinen hungrigen Mäulchen zu stopfen, das war schon eine besondere Aufgabe gewesen.
Nach vier Tagen war das neue Gelege voll, das jetzt ausgebrütet werden sollte. Stolz saß Grete auf den vier hellen gefleckten Eiern und ließ sich von ihrem Wolfgang verwöhnen und unterhalten. Beide wussten nur zu gut, dass es die letzte Brut für sie sein würde. Es müsste schon ein Wunder geschehen, wenn sie mit ihren stolzen acht Jahren den Flug nach Afrika und wieder zurück schafften. Versuchen wollten sie es auf jeden Fall.

Das Schwalbenpaar unterhielt sich eine
Weile über ihr Leben in Afrika während der
Wintermonate. Südafrika war das Winter-
quartier für sie und unzählige andere
Rauchschwalben. Hier schätzten sie die
Wärme und den reich gedeckten Tisch, denn
es gab reichlich Termiten, Moskitos und
andere Insekten.
Immer wieder flog Wolfgang los und brachte
Leckerbissen für seine Grete mit. Manchmal
hatte er auch Neuigkeiten im Gepäck. Ihm
fiel immer etwas ein. Er berichtete seiner
Frau von der unglaublichen Verwandlung
eines großen Hauses in der Bahnhofstraße.
Beide kannten das alte Backsteingebäude seit
Jahren, in all der Zeit schien es, unbewohnt
zu sein. Nun hatte es wohl den Besitzer
gewechselt. Die Handwerker hatten das Haus
total verändert, denn es hatte nicht nur ein
neues Dach, sondern auch neue Fenster
bekommen. Das Haus selbst hatte man verputzt und in hellen Farben gestrichen. Die
Fensterumrandungen mit Fassadenstuck
waren farblich leicht abgesetzt. Es war eine
Prachtvilla geworden.

Foto Christa Bohlmann

Sie erinnerten sich, dass sie vor Jahren in Erwägung gezogen hatten, sich in diesem alten Haus niederzulassen. Platz genug hätten sie schon gefunden. Mehlschwalben-paaren hatten damals ebenfalls das Gemäuer inspiziert. Aber sie alle hatten ihre Nestbaupläne verworfen, denn es gab keine Viehhaltung weit und breit. Und eben das Kleinviehzeug, die Insekten, die sich gern in Kuh- Schweine- oder Pferdeställen aufhalten, brauchten sie als Nahrung für sich und später für den Nachwuchs. Wie gut waren sie doch bei Behlmers untergebracht.

Wolfgang schien irritiert, denn Annette und Wilfried knieten auf dem Rasen. Sah er richtig, hatte Annette eine Schwalbe in Händen? Die schien krank zu sein, wollte oder konnte nicht mehr fliegen. Wilfried holte Heimchen und beide versuchten den kranken Vogel aufzupäppeln. Ein paar Heimchen hatte die Schwalbe zu sich genommen. Würde sie sich erholen? Wolfgang flog noch einmal dicht über Behlmers hinweg und er erschrak, denn er erkannte Gretes Schwester Anne. Sollte er Grete davon erzählen? Er konnte und wollte sie gerade jetzt nicht traurig machen. Grete, die sich zurzeit mit neuem Leben und nicht mit Gedanken an den Tod befasste.
Am nächsten Morgen musste auch Wolfgang zur Kenntnis nehmen, dass Anne nicht überlebt hatte. Er beobachtete, wie Behlmers die tote Schwalbe im Garten begruben.
Um sich abzulenken, drehte er einige Runden und schauten in Bassum nach dem Rechten. Zwischendurch kam er immer wieder zurück, um seiner brütenden Grete ein paar Leckereien zu bringen.

Foto Christa Bohlmann

  In den letzten Tagen hatte er sich viel mit
den Lost Places im Umkreis befasst. Der
Gedanke an das renovierte Haus in der
Bahnhofstraße, das jahrelang ebenfalls wie
ein „vergessener Platz" war, hatte ihn
vermutlich dazu gebracht. Er flog in
Richtung Karrenbruch, um zu sehen, wie es
um das ehemalige Anwesen von Familie
Peters bestellt war.
Das machte schon seit vielen Jahren den
Eindruck, als sei das Haus in Büschen und
Bäumen eingewachsen. Vielleicht war unter

all dem Grün ein verwunschenes Schloss, oder besser Schlösschen verborgen?

Wolfgang fiel noch ein weiteres Ziel ein, noch ein Lost Place, nämlich die Bauruine der alten Funkanlage in der Schweinsheide. Viele bezeichneten dieses Gemäuer als Bunker, aber das war nicht richtig. In all den Jahren hatte Wolfgang, oft mit Grete oder den Kindern, dieses Gebiet aufgesucht. Er hatte viel Wissenswertes darüber aufgeschnappt und wollte es demnächst seinen kleinsten Kindern weitergeben. Wolfgang wusste, dass diese Anlage vor gut 80 Jahren im Auftrag der damaligen Reichspost gebaut werden sollte. Inzwischen hatte er sein Ziel erreicht und setzte sich auf den Rand des Gemäuers um einen Blick in das Innere zu werfen. Auf der geschwungenen steinernen Treppe wuchs Gras und anderes Grünzeug. Üppige Farnkrautpflanzen gediehen auf dem Betonboden. Das Licht- und Schattenspiel wirkte auf den grauen Wänden mit den bunten Graphitys fast gespenstisch.

Foto Andreas Bahrs

Wolfgang rief sich wieder ins Gedächtnis,
dass damals elf Türme mit einer Höhe von
jeweils 200 Metern für die Funkanlage
gebaut werden sollten. Die Anlage sollte
dem Funkverkehr der deutschen Wehrmacht
dienen, vor allem dem der deutschen U-
Boote, und das weltweit.
Tatsächlich wurde mit den Bauarbeiten von
vier Türmen begonnen. Fertig gestellt wurde
keiner. Drei von ihnen sind kaum noch
auffindbar. Wolfgang befand sich also bei
dem vierten Unterbau des damals geplanten

Funkturms, der fälschlicherweise als
Bassumer Bunker bezeichnet wird.

Foto Andreas Bahrs

Funkturms, der fälschlicherweise als
Bassumer Bunker bezeichnet wird.
Es reizte Wolfgang sehr, ein paar Runden in
diesem eher gruseligen Gemäuer zu drehen.
Auf dem Rückweg schnappte er noch ein
paar Leckerbissen, um die seiner brütenden
Grete zu bringen. Die hatte sich schon

Sorgen gemacht, weil der Gatte ziemlich lange unterwegs gewesen war.

Irgendwie hatte Wolfgang „Hummeln im Hintern", denn er machte sich schon wieder auf den Weg und schlug erneut die Richtung Harpstedt ein. Rechts von der Straße musste doch der Kiebitzsee zu finden sein. Doch Wolfgang verlor die Orientierung durch die vielen Straßen und Wege, die zu den Windkrafträdern führten. Aus der Vogelperspektive fiel es ihm nicht schwer, den kleinen See auszumachen. Klein? Wolfgang hatte den Eindruck, der See wäre seit dem letzten Jahr um einiges größer geworden. Beim genauen Hinsehen stellte er fest, dass der Kiebitzsee entschlammt worden war. An den Uferrändern war das deutlich zu erkennen. Zahlreiche Schwalben traf er hier an, die sich den Schnabel voller Mücken und anderes Kleingetier steckten.
Ein Mann mit Hut und mit Kamera war unterwegs, der versuchte, alles was „kreucht und fleucht" vor die Linse zu bekommen. Tiere, die sich an Land und in der Luft befanden, gab es hier reichlich.

Wolfgang kehrte erst einmal zu Grete zurück und brachte ihr ein paar Fluginsekten mit. Eins war sicher, dieses herrliche Stück Natur wollte er demnächst seinem Nachwuchs zeigen.

Sieben lange Tage saß Grete bereits auf den Eiern, Halbzeit also oder Bergfest. Sie war fast etwas beleidigt, weil Wolfgang sie häufiger als ihr lieb war, alleine gelassen hatte. Deshalb erinnerte sie ihren Gatten an seine Pflichten. Ziemlich geknickt gestand der freiheitsliebende Wolfgang ein, dass er seine Grete vernachlässigt hatte. Sie mit Leckerbissen zu versorgen war eben nicht alles. Brav setzte Wolfgang sich auf einen der Körbe und sah Grete beim Brüten zu. Das war ganz schön langweilig für ihn, doch er besiegte seinen Freiheitsdrang und blieb eine Weile geduldig sitzen. Er putzte sein Gefieder und schmollte noch ein paar Minuten. Dann begann er doch, Grete von seinen Eindrücken der letzten Ausflüge zu berichten. Er konnte sich so gescheit ausdrücken und Grete hatte das Gefühl, als

hätte sie alles selbst erlebt: Den Ausflug zu
den „Bunkern“ und zum Kiebitzsee.

Max, Moritz und Lotte schauten mal wieder
bei den Eltern vorbei, während Grete brütend
auf ihrem Nest saß. Die Kinder setzten sich
zu ihrem Vater auf die Körbe, ihrem
Lieblingsplatz.
„Was ist da heute bloß wieder los an der
Spaßburg?“, wollte Moritz wissen.
„An der Spaßburg?“ Grete und Wolfgang
sprachen wie aus einem Schnabel und sie
wussten nicht, was der Filius damit meinte.
„Na, da war doch in den letzten Wochen
immer was los. Da gab es doch Konzerte mit
Johannes Oerding, Milow, Kerstin Ott und
Vicky Leandros und noch andere...“
Wolfgang und Grete fingen an herzhaft zu
lachen und Grete musste schon aufpassen,
dass es nicht zu turbulent im Nest zuging.
„Ach Moritz, du meinst die Freudenburg!“
Wolfgang klärte seinen Sohn auf und
versuchte die Begriffe Spaß und Freude zu
unterscheiden. Ganz schön schwierig zu
erklären. Geschickt brachte Wolfgang die
Begriffe Frohsinn, Vergnügen, Begeisterung,

Stimmung und Begegnung mit ins Spiel und er endete mit den Worten: „An der Freudenburg kann man durchaus Spaß haben."

Nun galt noch zu klären, was sich am kommenden Wochenende an der Freudenburg ereignen würde. Wolfgang hatte vernommen, dass der berühmte Markt der Bovelzunft stattfinden sollte. Den gab es bereits zum fünften Mal, pandemiebedingt musste er in den beiden Vorjahren ausfallen. „Freut euch drauf und schaut euch das mal an. Veranstalter ist der Verein „De Bovelzunft – gelebtes Mittelalter". Besucher und Akteure reisen von weither an. Der Bürgermeister hält sogar die Begrüßungs- rede. Die Menschen tragen mittelalterliche Gewänder, spielen ihre Melodien auf Musikinstrumenten, die es sonst nicht zu hören gibt. Es gibt Kämpfe mit mittel- alterlichen Waffen und verschiedene sportliche Wettkämpfe. Altes Handwerk wird vorgestellt und es gibt genug zu essen und zu trinken. Höhepunkt ist die Feuershow bei Dunkelheit, die Feuerspucker sind bewundernswert. Liebe Kinder lasst euch das

Spektakel nicht entgehen. Ja, ja, das ist in der Tat Spaß an der Freudenburg."
Die Schwalbenkinder waren sich einig: Das was der Vater so begeistert vom Bovelmarkt berichtet hatte, traf auch in diesem Jahr zu. Begeistert hatten die Kleinen zugeschaut. Nur das offene Feuer hatte ihnen ein leichtes Brennen in den kleinen Kehlchen verursacht.

Nachdem Grete 15 Tage meist geduldig, mal auch ungeduldig ihre Eier gewärmt und beschützt hatte, war es endlich soweit. Dem ersten winzigen Schwälblein war es gelungen, die Schale des Eies zu zerbrechen und es schlüpfte nackt und hungrig aus dem Ei. Große Freude für die Eltern, die wussten, dass jetzt die hektische Phase begann. Nach weiteren drei Tagen hatten alle vier Geschwisterchen es geschafft, aus ihrer Hülle zu schlüpfen. Da saßen sie nun im Nest und rissen die kleinen Schnäbelchen auf, um von den Eltern gefüttert zu werden. Wolfgang schämte sich für seinen Gedanken, den er Grete besser nicht verriet. Er fand die Kleinen grottenhässlich. Genau das hatte er bei jeder Brut empfunden, aber er wusste genau, dass sich das Aussehen der Winzlinge von Tag zu Tag veränderte. Sie wuchsen zusehends und die Federn begannen zu sprießen. Es dauerte nicht lange, bis Grete und Wolfgang wussten, dass im Nest vier kleine Schwalbenmädchen lebten. Nach reiflicher Überlegung nannten sie den jüngsten Nachwuchs Lina, Tina, Stina und Gina.

Foto Alfred Rozenvalds

Unermüdlich flogen die Eltern, um Insekten für den Nachwuchs zu fangen, jedes Mal wurden ihnen vier offene Schnäbelchen entgegengestreckt. Grete sorgte sich ein wenig um die Letztgeborene, die kleine Tina. Sie wurde immer wieder von den Geschwistern an die Seite gedrängt. Selbst Schuld, Mama Grete hatte es bemerkt und sie versorgte Tina mit Extra-Leckerbissen. In den nächsten vier Wochen hatten Grete und Wolfgang reichlich Stress, um die kleinen Schwalbenmädchen satt zu bekommen. Abwechselnd flogen sie das Nest an, jedes Mal den Schnabel voller Insekten. Bei Regenwetter suchten sie in den Bäumen nach Blattläusen, denn die Fluginsekten hatten sich versteckt. Inzwischen waren die Vier hübsche kleine Vögelchen geworden, ihr Aussehen hatte sich total verändert. Wolfgang war jetzt begeistert, denn er meinte, dass diese vier Mädel die schönsten waren, die Grete je ausgebrütet hatte. Genau 29 Tage, nachdem die Letzte, die kleine Tina geschlüpft war, stützte sich Gina wagemutig aus dem Nest und riskierte die ersten Flugversuche. Vater, Mutter und natürlich Gina konnten ihren Stolz nicht verbergen. Nur wenige Stunden später flogen auch die Geschwisterchen aus. Nachdem es allen gelang, Halt auf einem Baum zu finden, warteten sie jetzt hier auf die Fütterung durch ihre Eltern. Grete und Wolfgang übernahmen das noch eine knappe Woche lang. In der Zeit waren die vier Kleinen immer sicherer geworden und bald vollkommen selbständig. In elegantem Flug strichen sie auf Jagd nach Nahrung über Wiesen und Felder.

„Puh, geschafft", dachte sich das Elternpaar und beide waren froh, dass sie selbst wieder auf Entdeckungsreise gehen konnten und Wolfgang freute sich darauf, dem Nachwuchs die Welt zu erklären. Es war kaum vorstellbar, dass auch diese Vier schon in Kürze die lange Reise nach Afrika antreten würden.

Häufig flog das Quartett auf Entdeckungsflug und meistens kamen sie mit etlichen Fragen an den Vater zurück. Zu gern hielten sie sich auf dem Stiftshügel auf und sie wollten wissen, was das mit der Kirche auf sich habe.

„Die Kirche, liebe Kinder, das ist ein Ort, um Gott nahe zu sein. Ein Ort, um zu beten, zu meditieren und um Vergebung der Sünden zu bitten."

Damit waren die kleinen Schwalbenhirne überfordert. So recht konnten sie in ihrem zarten Alter nichts damit anfangen.

Stina fragte: „Und wer ist Gott, lieber Vater?"

„Der liebe Gott ist der Schöpfer allen Lebens."

Bevor die Kinder ihn mit ihren Fragen in die Enge trieben, lenkte er sie ab und sprach von dem vor ein paar Jahren errichtetem Gemeindehaus. Dabei mahnte er seine Kinder, nicht gegen eine der vielen Scheiben zu fliegen, denn das hatte schon manch einem Vogel das Leben gekostet.

Die Stiftskirche blieb weiter ein Thema für die Kinder.

Jetzt wollte Lina wissen:

„Wo gibt es denn noch eine Stiftskirche?"

„Nur die Bassumer Kirche heißt Stiftskirche, weil sie von Stiftsgebäuden umgeben ist. Fliegen wir in nördliche Richtung, kommen wir bald nach Nordwohlde. Kommt mal mit."

Und los ging der rasante Flug der Familie.

„Seht ihr den Turm da hinten? Die

Foto Christa Bohlmann

Die Nordwohlder Kirche ist ebenfalls ein
evangelisch-lutherisches Gotteshaus. Es ist
gut zu erkennen, dass es zum Teil aus roten
Backsteinen, die Westseite aber aus Feld-
steinen gebaut wurde. Seht nur, der schlanke
Turm ist längst nicht so hoch wie der breite
gedrungene in Bassum. Ihr müsst mal versuchen, einen Blick aus dem prachtvollen
Inneren zu erhaschen."

„Und wo gibt es noch eine Kirche?" Die
Kleinen waren in der Tat sehr interessiert.
Jetzt wollte Grete auch einmal mitreden:

„ In Neubruchhausen gibt es eine Kirche, aber die könnt ihr nicht an dem hohen Turm erkennen, denn es gibt nämlich keinen. Aber erzähl du, du weißt das besser". Grete überließ ihrem Wolfgang die weiteren Erklärungen und der wusste wieder genau Bescheid.

„Früher gab es in Neubruchhausen auch eine schöne alte Fachwerkkirche, direkt an der Hache. Aus verkehrstechnischen Gründen musste die 1970 abgerissen werden. Ursprünglich war die Umsetzung der Kirche geplant, aber die scheiterte am schlechten Zustand der Ständer. Stattdessen gehen die Gläubigen jetzt in die 1972 gebaute Dreifaltigkeitskirche, eine moderne Saalkirche. Die Ausstattung der alten Kirche konnte erhalten werden und wurde übernommen." Nina fragte gleich nach weiteren Kirchen in der Umgebung.

„Da gibt es noch eine ungewöhnliche Angelegenheit, die Sudwalder Kirche. Sudwalde gehört verwaltungsmäßig zu Schwaförden, dagegen zählt die Sudwalder evangelische Kirchengemeinde zum Kirchspiel Bassum.

Diese mittelalterliche Saalkirche steht auf einem Findlingsfundament. Ihr könnt erkennen, dass der Westteil völlig neues Mauerwerk bekommen hat. Und habt ihr gesehen? Auf der Turmspitze gibt es wohl bei jeder Kirche eine Windrose, welche die Himmels- beziehungsweise die Windrichtung anzeigt. In Bassum übernimmt das der große blanke Wetterhahn."

Jetzt war Stina dran:

„ Und, Vater, gibt es noch andere Kirchen?"

„Ja, schon, aber über die anderen Konfessionen weiß ich nicht genug. Darum habe ich hier nur die Bassumer mit den anderen evangelisch-lutherischen Kirchen verglichen.

Es gibt ja noch den Bassumer Ortsteil Bramstedt. Dort ließen die Bauern vor vielen, vielen Jahren einen Glockenturm mit einer Betglocke aufstellen, der später ein Opfer der Flammen wurde.

Die Bramstedter wollten und sollten nicht auf ihren Turm verzichten, denn es wurde ein neuer gebaut und eingeweiht. Seitdem läutet der Bramstedter Glöckner die Glocken: um 8 Uhr, wenn ein Bramstedter Bürger verstorben ist, um 12 Uhr bei der Geburt eines neuen Erdenbürgers und um 16 Uhr zur Hochzeit.

Ich zeige euch gleich ein Straßenschild vom Bramstedter Kirchweg. Auf diesem Weg sind früher die Gläubigen am Sonntagmorgen von Bramstedt nach Bassum und nach dem Gottesdienst wieder zurück gelaufen. Heute fahren sie den Weg vermutlich mit dem Auto."

Nach soviel neuen Informationen mussten sich die Kleinen erst einmal erholen und sich spielend ablenken. Was der Vater doch alles wusste!

Bei einem Flug über die Syker Straße war Wolfgang das hübsche Fachwerkhäuschen ins Auge gefallen - das Kassenhäuschen, an dem Besucher von Fußballspielen ihre Eintrittskarte zahlen müssen. Damit erinnerte er sich daran, dem Nachwuchs etwas über die vielen Sporteinrichtungen zu erzählen. Er bereitete sich auf das Gespräch gründlich vor und am nächsten Morgen ging es los.

Bevor er über das Kassenhäuschen sprach, zeigte er seinen Kindern den Spielplatz, auf dem sich gerade etliche Kinder tummelten. „Seht nur, das kleine blonde Mädchen mit dem gelben Rock ist ganz schön mutig. Sie kletterte gerade noch auf dem Gerüst und jetzt schaukelt sie und wirbelt vergnügt durch die Luft. Nun ist sie herab gesprungen und sitzt auf der Wippe. Sie sucht nach einem Partner oder einer Partnerin, denn allein kann keiner wippen. Unermüdlich die Kleine, ein richtiger Wirbelwind. Und da auf der Bank hockt ein moppeliger Junge, der sich gar nicht bewegen mag. Lustlos knabbert er an einem Milchbrötchen. Der sollte sich besser mehr bewegen.
Ich zeige euch die zahlreichen weiteren Spielplätze, auf denen sich die Kinder vergnügen können. Zum Beispiel den am Petermoor, an der Freudenburg, in Bramstedt, Nordwohlde und Neuenkirchen und vor allem den neuen in Osterbinde mit dem großen Spielhaus."
Den Schwalbenmädchen machte es Spaß, den Menschenkindern beim Toben zuzuschauen.

Wolfgang kam nun zu seinem eigentlichen Thema, zum Sport.

„Bei den Kindern kristallisiert es sich schon heraus, ob sie sich für den Sport begeistern können. In den Schulen haben die Schüler Sport- und Schwimmunterricht. Die Besten werden gefördert.

Seht, da ist das schöne Hallenbad, leider ist es in den Sommermonaten geschlossen. Da ist das Fußballfeld, immerhin spielt die Herrenmannschaft in der ersten Kreisklasse. Daneben ist der Trainingsplatz, gleich neben dem schönen neuen Kindergarten. Andere Menschen spielen lieber Handball, Männer sowie auch Frauen.

Schießsport gibt es in den zahlreichen Schützenvereinen in und rundum Bassum. Andere spielen Tennis, im Sommer im Freien auf dem Tennisplatz in der Nähe des Petermoors. Im Winter wird in der großen Halle Tennis gespielt.

Es gibt noch viele andere Sportarten und jeder, der Lust dazu hat, kann sich sportlich betätigen: beim Badminton, Basketball, Dart, Judo, Ringen, Tischtennis, Turnen und Volleyball. Auch die Schwerathleten sind aktiv. Wem das nicht gefällt, der kann seine Muskeln in einem der Sportstudios stärken. Viele Geräte stehen dafür in der Eschenhäuser und der Sulinger Straße bereit."

Das war mal wieder eine ordentliche Lektion und die Mädchen hatten noch einige Fragen an den Vater. Das ging am besten, wenn die kleine Familie in einem der großen Bäume bei Behlmers zusammen saß.

Als sie ihr Zuhause erreichten, sahen sie, wie Annette auf dem Boden hockte. In einem weichen Tuch hielt sie zwei kleine Spatzenkinder, die aus dem Nest gefallen waren. Ob sie die beiden retten konnte? Mit der Schwalbenrettung hatte es bislang immer geklappt.

Die vier Schwalbenmädchen schienen unzertrennlich zu sein. Ständig waren sie unterwegs und kamen oft mit Fragen zurück, auf die sie selbst keine Antwort finden konnten.

In der großen Eiche vor Behlmers Haus trafen sie sich häufig wieder mit der Familie zusammen.

Dieses Mal hatte Stina eine interessante Entdeckung gemacht.

„Wir sind eben über den Dicken Braken und die Schweinsheide geflogen. Unter uns war es meistens grün. Grün in vielen verschiedenen Farben vom Mischwald. Die Bäume wiegten sich sanft im Wind und es sah aus, als wollten die Zweige tanzen. Das war so wunderschön, aber es konnte einem fast schwindelig davon werden. Und dann standen Bäume dazwischen, die bewegten sich nur hin und her."

„Hin und her, und hin und her!"
Die drei Geschwister bestätigten Stinas Bericht.

„Sag, Vater, wieso ist das so? Die einen tanzen und die anderen können es nicht."
Ruhig antwortete Wolfgang:

„Das hat einen ganz traurigen Grund. Die letzten Sommer waren viel zu trocken, weil es zu wenig geregnet hatte. Die Bäume, oft sind es Fichten, sind einfach vertrocknet. Was ihr gesehen habt ist nur noch totes Holz. Die Bäume sind inzwischen so verwittert, dass sie nicht mehr braun, sondern wieder grün aussehen. Ihr habt Recht, ihre Zweige können nicht mehr schwingen. Oft werden diese Bäume gefällt. Man lässt sie aber auch stehen, denn das tote Holz beherbergt viele Insektenarten. In manchen Gegenden sind ganze Wälder abgestorben.

Manchmal stellten die Kinder Fragen an den Vater, für die er selbst keine Antwort fand. Auch nicht auf die von Tina:

„Die Tannen tragen ihre vielen braunen Zapfen. An den meisten Bäumen stehen die Zapfen hoch, doch sieh nur, bei der blauen Tanne hängen die Zapfen nach unten. Sag mir, warum ist das so?"

„Die Zapfen der Fichten hängen, sie werden abgeworfen. Die Tannenzapfen fallen dagegen niemals ganz vom Baum. Die Tanne wirft nur einzelne Schuppen ab, bis nur das Gerippe am Zweig bleibt."

Dann lenkte er etwas von der eigentlichen Frage ab:

„Unter jeder Schuppe wächst ein Samenkorn. In der Forstwirtschaft werden aus den Samen neue Bäumchen gezüchtet. Die meisten der Samenkörner werden von den Körnerfressern verputzt. Sie sind sehr nahrhaft, weil sie fetthaltig sind."

Mit der Antwort gab sich Tina zufrieden.
Freut euch an dem, was ihr hier seht. Bei
Behlmers sind die Bäume zum Glück noch
gesund.

Foto Christa Bohlmann

Da kommen gerade Annette und Wilfried,
um die Pferde von der Weide in den Stall zu
bringen.

Foto Christa Bohlmann

Und da sind auch Bronco und Toni, die beiden Hunde. Sie alle haben hier ein gutes Leben, so wie wir auch."

Die Erklärung für die Bäume, die nicht tanzen wollten, hatten die kleinen Schwälbchen nachdenklich gemacht.

Gina wollte etwas wissen:

„Vater, was ist das an der lauten Straße? Werden da Autos verkauft, oder was ist das? Ständig fahren Wagen auf den Parkplatz und wieder zurück."

„Was meinst du, Gina? Welche laute Straße?"

„Zeig ich dir, komm mit!"

Schon ging der rasante Flug los, im Schlepp-
tau hatten sie Grete und Ginas Schwestern.
Die Bahnhofstraße und der dortige
Lindenmarkt war Ginas Ziel.
Schmunzelnd erklärte Wolfgang, der fast
Allwissende:
„Gina, du hast Recht. Es ist hier lauter als
auf den anderen Straßen. Das liegt an der
Natursteinpflasterung. Darauf verursachen
die Autoreifen viel größeren Lärm als auf
einer asphaltierten Straße. Deshalb haben die
Verantwortlichen auch die Höchst-
geschwindigkeit reduziert, sonst wäre es
wohl noch viel lauter. Diese Pflasterung hat
durchaus Vorteile, denn das Regenwasser
kann zum Teil versickern und landet nicht
komplett im Regenwasserkanal. Umwelt-
freundlich also.
Und die vielen Autos? Die gehören Kunden
oder Patienten, die ein Geschäft oder eine
Praxis vom Lindenmarkt besuchen wollen.
Es ist ein ständiges Kommen und Gehen und
manchmal haben die Fahrer Mühe, einen
freien Parkplatz zu finden. Schau dich um, es
gibt auf diesem Lindenmarkt fast alles zu
kaufen, was das Herz begehrt.“

„Auch Heimchen?"

„Nein Ginalein, die gibt es im Zoomarkt.

Auf Initiative eines einzelnen Mannes ist vor Jahren der Lindenmarkt entstanden, worauf der richtig stolz sein kann.

Schau nur, die Frau dort bringt ein Paket zur Post, vielleicht kauft sie noch etwas bei Papier und Tinte."

Zusammen mit den Kindern beobachteten die Schwalbeneltern, welchen Weg die Autofahrer/innen einschlugen. Möglichkeiten gab es ja reichlich.

Die Tage waren längst kürzer geworden, die Nächte blieben kühl. Der August hatte noch viele Sonnenstunden beschert. Inzwischen war es September. Die Schwälbchen aus der letzten Brut waren kaum noch von ihren Eltern zu unterscheiden.

Wolfgang zitierte eine Bauernregel, die er von seinem Vater gehört hatte:

„An Mariä Geburt fliegen die Schwalben furt. Bleiben sie noch da, ist der Winter nicht nah." Der 8. September ist ein Festtag, der an Mariä Geburt erinnern soll.

Oft bekamen die Jungschwalben schon Ende August Reisefieber. Die Altschwalben starteten meistens später, einige sogar erst im Oktober. Wie auch immer, auf dem Weg in Richtung Süden sammeln sich die Schwalben zu vielen Hunderten in Bayern auf den Dächern der Kirchen und anderen hohen Gebäuden. Ihre Aufbruchstimmung ist deutlich zu spüren. Sie alle haben sich den ganzen Sommer über an Insekten satt gefressen und Fettpolster angelegt – Energiereserven für den langen anstrengenden Flug. Immer wieder machen sie Rast, um sich auszuruhen und um zu fressen. Es lauern viele Gefahren: Schlechtes Wetter kann ihren Flug stoppen, Nahrungsmangel kann zu Verlusten führen und in Italien warten die Vogeljäger mit Schrotflinten und Netzen. Den Greifvögeln sind die Vogelschwärme eine willkommene Beute.

Die Schwalben ziehen ihrem inneren Kompass folgend immer weiter in Richtung Süden. Sie orientieren sich an den Sternen, dem Magnetfeld der Erde und Merkmalen wie Berge, Flüsse und Seen. Sie überqueren die Meerenge von Gibraltar und fliegen über

Nordafrika, die Sahara, die Savanne Kenias und immer weiter, bis sie nach etwa vier Wochen anstrengender Reise ihr Ziel Südafrika erreicht haben.

Am dritten Oktober eröffnete Wolfgang seiner Grete und den Letztgeborenen Gina, Tina, Lina und Stina:

„Meine Lieben, morgen früh verlassen wir gemeinsam unsere Heimat und fliegen nach Bayern, um uns mit den anderen Spätlingen zu treffen, bevor wir die ganz große Reise antreten. Schnappt euch noch so viel Insekten, wie ihr bekommen könnt."

Der Vater hatte gesprochen.

Wolfgang wartete extra, bis er früh morgens Annette und Wilfried sah. Grete und er umflogen noch einmal die Köpfe ihrer Lieblingsmenschen, um sich von ihnen zu verabschieden. Sie alle wünschten sich ein Wiedersehen im nächsten Jahr. Aber das stand in den Sternen.

Christa Bohlmann
geb. 1945, verheiratet, Bankkauffrau
seit Jan. 2008 im Ruhestand
www.bohlmann.jimdofree.com

Bereits veröffentlicht:

2000 **Erinnerungen**
Heitere Schmunzelgeschichten aus den
50er/60er-Jahren
Eigenverlag

2001 **Mixed-Pickles**
Anekdotensammlung: Wirkliches,
Erlauschtes. Erlebtes, Erdachtes
Eigenverlag

2002 **Kein Schatten ohne Licht**
Diagnose Brustkrebs
BoD ISBN 3-8311-4268-8

2003 **Die Buschs**
Blicke hinter die Kulisse einer Kleinstadt-
Idylle, Roman
BoD ISBN 3-8311-4926-7
nicht mehr lieferbar

2005 **Kalle Korn**
Aus dem Leben eines Ermittlers, Roman
BoD ISBN 3-8334-2589-X

2006 **Bad Meinberg – einmal anders gesehen**
Fantastische Erzählung
BoD ISBN 9-783837-024462-3

2016 **Haarscharf**
Roman
BoD ISBN 9-783741-291227
2017 **Als Oma noch Kind war**
Erinnerungen an die 50-er,60-er Jahre
ISBN 9-783746 001524
2018 **Wenn Oma und Opa erzählen**
Erinnerungen an die 50-er, 60-er Jahre
BoD ISBN 978-3-7528-8521-7
2019 **Eiskalt**
Kriminalroman
BoD ISBN 9-783749-499816
2020 **Früher als es noch schneite**
Erinnerungen an die 50-er,
60-er Jahre
BoD 978-3-751 984638
2021 **Früher so heute anders**
Erinnerungen an die 50-er,
60-er Jahre
BoD 978-3-754337059

Alle Bücher erhältlich unter
www.bohlmann.jimdofree.com